Mario Wirz

Biographie eines lebendigen Tages

MARIO WIRZ

Biographie eines lebendigen Tages

Aufbau-Verlag

Dieses Buch entstand mit Hilfe
der Berliner Künstlerförderung

Den Freunden gewidmet, die mein Leben immer wieder retten, manchmal nur in einer glücklichen Erinnerung, die mein Dunkel erhellt, Thomasente, Sigrunzauseline, Kikefreundin, Thomaszottel, Peter und Daniela, Margotherz, Schwalbe und Wölfchen, Rosamonster, Fabian, Menderich, Laurent, Albrecht, Prinz André, Christophschnuckel, Detlev und Wolfram, Martin, Georgette, Hansdieter, Rinaldo, Tilman, Kerstin, Traudlinde und Stefan, Renate, Antje, Ingrid, Claudia, Marianne und Jenny, Helen, Berthold, Helga, Manfred und die schöne Spötterin, Robert und Ralf, Georg aus Grabs, Lubo und Lady L., Gottfried, Brigitte, Finki, Nobse, Tom, Eva, Till und Willi, Salean, Andi, Kai, Ulf und Petra, Reinhardkrokodil, Wildpeng,
zärtlich und dankbar
Mario Wirz

24. Februar 94

Augenblickslicht

Wie komme ich
über mich hinweg

Mein Schatten
steht mir im Weg
ich muß über ihn
hinwegspringen

ins Augenblickslicht
das mich erschafft

Ich esse trinke
mache die Uhr zum Zeugen
einer gefesselten Reise
um die Welt

Rose Ausländer

Ich weiß nicht, wie oft ich in den letzten zwei Jahren in den Zug gestiegen bin, um zu einer Lesung zu fahren, nach Hamburg oder Halle, nach Köthen-Anhalt oder Köln, nach Stuttgart oder Salzwedel, aber diesmal wird alles anders sein. Ich werde nicht zurückkehren.

Von der Bildfläche, auf der alle mich auf Anhieb zu erkennen glauben, werde ich verschwinden.

Alles ist offen, alles ist möglich.

Den, der sich seit sieben Jahren in seinem Unglück eingerichtet hat, werde ich hinter mir lassen.

Ich werde noch einmal alles wagen. Ich bin frei. Ich kann Bankräuber in Amsterdam werden oder Straßensänger in Barcelona. Dichtender Clochard in Marseille oder Herumtreiber in Rom. Bettler in Indien oder Mönch in China. Ich kann auf einem Schiff anheuern oder Statist beim Film werden.

Ich werde weggehen, ohne mich zu verabschieden. Keine Abschiedsbriefe, keine Lebewohl-Gespräche am Telefon. Ich werde mich aus den besorgten Blicken meiner Freunde entfernen.

Der Gefangene und die Befangenen.

Mein bester Freund verschweigt seinen Kummer, der sich nicht mit meinem Unglück messen kann. Viele verbergen ihr Wohlbefinden vor mir, um mich nicht neidisch zu machen. Auch das Zartgefühl ist ein Gefängnis. Ich revanchiere mich mit meinen Verschweigungen und gebärde mich heiterer, als ich bin, spreche schnell und lache laut. Trete in die Rolle des vielseitig interessierten Zeitgenossen und verdecke den beschränkten Horizont meiner Stunden. Spreche mit Anteilnahme über Filme und Literatur und reproduziere ein Bild, aus dem ich längst gefallen bin. Ahme die Gesten des jungen Mannes nach, der ich irgendwann einmal gewesen bin. Die anderen tun so, als nähmen sie meine Fälschungen für bare Münze. Wir betrügen uns gegenseitig, liebevoll und hilflos, in einer Tragikomödie, in der jeder auf sein Stichwort wartet.

»Überall auf der Welt forschen sie nach einem Mittel. Du wirst zu denen gehören, die nicht an Aids sterben«, sagt Helga mit einer Stimme, die nicht zu ihren Augen paßt.

Ich beherrsche das Repertoire der Hoffnungsposen, aber mein Text klingt wie aufgesagt. Künstlich sind meine Euphorien, unglaubwürdig meine Trotzgebärden. Nur scheinbar nehme ich am Leben der anderen teil. Meine lärmende Anwesenheit versteckt meine Abwesenheit.

Aus Feigheit spiele ich weiter mit. Angewiesen auf die tröstliche Gegenwart der anderen, teile ich ihre Sprache, aus der ich vor sieben Jahren gefallen bin.

Unfähig, allein in meinem Zimmer zu bleiben, vertraue ich meinen Fall dem Beziehungsnetz an, das mich auffängt, so lange ich mich an die Spielregeln halte. Alle zitieren den berühmten Dachziegel, der einem auf den Kopf fallen kann, aber keiner rechnet damit.

Mein Fall provoziert. Unheimlich, daß da einer ohne Zukunft so zählebig vor sich hin existiert, Tag für Tag mit seinem Abruf rechnen muß und Jahr um Jahr weiterlebt und bei verwirrend guter Gesundheit den Bonus seiner Sterblichkeit kassiert.

Freunde, die mir ihre Trauer vorab großzügig auf

Kredit bewilligt haben, zeigen erste Anzeichen von Ungeduld.

Das Damoklesschwert über meinem Kopf bedroht alle. Ich verkörpere nicht nur eine Tatsache, die alle vergessen wollen, ich bin auch die personifizierte Unzuverlässigkeit.

Ein unberechenbarer Fall, immer und überall, ein Dilemma.

Seit sieben Jahren mute ich mein Thema allen Freunden zu. Allgegenwärtig ist der unsagbare Satz. Selbst dann, wenn der long-term survivor über Gänseblümchen spricht und sich überschlägt vor Harmlosigkeit. Auf seinen Purzelbäumen wächst der Tod, fruchtbar zu allen Jahreszeiten. Unerträglich ist seine Lustigkeit, die fast immer an Hysterie grenzt. Bedrohlich sein stiller Ernst, hinter dem jeder das Schweigen von Freund Hein hört. Schrecklich seine Panikzustände, der grelle Lärm seiner Angst.

Auch meine Anwandlungen von Abgeklärtheit und Distanz stören das gesellige Beisammensein, hochmütig wirkt meine Entferntheit zu dem, was anderen wichtig ist. Die Stärke, die mich die Schwäche lehrt, taugt nicht für den täglichen Lebenskampf. Nicht mitteilbar ist das Wissen, das ich meinen Erschöpfungen verdanke. Noch nicht stark genug, auf die Gegenwart der anderen verzichten zu können, bewege ich mich geschickt in jener Mechanik, in der sich alle Schrauben drehen. Ich drehe nicht durch. Ich funktioniere. Ich passe mich an. Ich verstelle mich.

Ich bluffe. So lange die Würfel noch nicht gefallen sind, mische ich mit im alten Spiel der Wichtigkeiten und Bedeutungen. Ich bin ein aufrichtiger Falschspieler. Ich gebe mir Mühe, kein Spielverderber zu sein. Jeder kennt die guten oder schlechten Karten der Tage, was ich aus dem Ärmel schüttele, sind die vertrauten Muster.

Bekannte Motive, die keinen besonderen Verdacht wekken. Von Zeit zu Zeit werfe ich mit Schatten, aber ich werfe keine Bomben. Ich entschärfe mein Bedürfnis nach radikaler Aufrichtigkeit und verabrede mich auf sicheren Allgemeinplätzen.

Ich beweise meine Tauglichkeit für das ganz normale Leben. Ich werde nicht kriminell. Ich werde nicht wahnsinnig.

Meine Anfälle von Atheismus bringen nichts zum Einsturz. Auch meine Anwandlungen von Religiosität lassen die Dinge auf ihrem Platz. Die große Veränderung findet nur in meinen Träumen statt, hinter meiner Stirn bin ich ein Aufwiegler, ein Anarchist, in meinem Kopf bin ich gefährlich, aber an diesem Ort bin ich allein. In der Gegenwart anderer bin ich ein harmloser Tollkopf, ein unterhaltsamer Rebell.

Alles bleibt im Rahmen. Selbst meine Maßlosigkeit hält sich in Grenzen. Mein Alkoholismus kotzt niemandem aufs Hemd. Ich trinke ein bißchen viel, lalle wirres Zeug, aber mein Redefluß läßt sich dämmen. Ich werde nicht gewalttätig, schlage nichts zusammen, was sich nicht wieder aufstellen ließe. Meine Verzweiflung sät keine Zweifel, ich bewege mich auf dem Fundament, das auch den Tag der anderen trägt. Ich reiße nicht einmal mir selbst den Boden unter den Füßen weg. Lande nicht in der Gosse, lese meine Gedichte nicht dem Rinnstein vor.

Buchhandlungen und Galerien laden mich ein. Meine Lesungen werden auf einem Plakat angekündigt, auf dem ein wohlerzogener Autor alle möglichen Bedenken weglächelt. Meine Freunde sind stolz auf mich. Und ich bin stolz auf ihren Stolz. Ich ernte einen Erfolg, den ich mir noch nicht verdient habe. Schon zu Lebzeiten nasche ich von dem kleinen Ruhm, der meinem Tod geweiht ist. Ich verdränge, daß die meisten Lobredner den bescheidenen Lorbeerkranz meinem Totenkopf flechten. Wohlwollende Stunden, die meine Unsterblichkeitsphantasien nähren, narzißtische Vergeßlichkeiten. Mit jedem Jahr, das ich hartnäckig überlebe, wächst mein Unbehagen. Ich fühle mich wie ein Betrüger, wie jemand, der sein Versprechen nicht hält. Wieviele Bücher will die Sterblichkeit noch schreiben? »Die Leser erwarten keine neue Rezension, sondern einen Nachruf. Wenn du weiterhin so vital durch die Gegend rennst, werden dich deine Fans steinigen«, scherzt ein Freund. »Stell dir vor, sie finden morgen ein Mittel, und du überlebst. Mal abgesehen von den Geldsorgen, die mit dem Alter nicht abnehmen, und anderen geriaten Unerfreulichkeiten, worüber willst du dann schreiben?« lästert er und vergißt, daß sein Freund auch schon in den Zeiten vor Aids Bücher veröffentlicht hat.

Ich verzeihe alles, weil ich die anderen brauche. Auf ihrer Oberfläche treibe ich mich rum und schnappe nach Luft.

Ich desertiere vor mir selbst. Ich flüchte weit weg von meinem Ich, bis ich wieder stark genug bin, zu mir zurückzukehren. Zu einem Ich, das zwischen Abwesenheit und Dasein die Tage und Nächte erfindet. Sehnsüchtiges Chaos. Widerspenstige Sterblichkeit, ermüdende Lebendigkeit. Zimmerheld und Zimmernarr. Gieriges, unersättliches, verstricktes Ich, das jede Fessel verteidigt, jede Bindung, jede Abhängigkeit.

Tag für Tag rufe ich den Kampfgeist und lasse mir das Kauderwelsch der Hoffnung diktieren. Ich zücke meinen klirrenden Optimismus wie ein blankgeputztes Schwert. Ich sattele auch den müden Tagen ein imaginäres Pferd. Ich ziehe täglich in die Schlacht. Ich kämpfe bis zum letzten Atemzug. Heldisch verfolge ich die Schatten, die sich hinter meinem Rücken vermehren. Tapfer trotze ich dem Dunkel, das sich potent in mir selber zeugt. Ich höre nicht auf, meinen Siegeswillen zu bekunden, Hoffnungsworte, die jeder von mir erwartet. Ich verschweige das geheime Einverständnis mit meiner Niederlage. Verrate den in mir, der das Urteil angenommen hat.

Es ist verpönt, sich geschlagen zu geben. Wie erklären, daß sich meine Niederlage längst in einen Sieg verwandelt hat? Ich habe keine Vokabeln, um das Jawort zu meinem Tod in die Sprache der anderen zu übersetzen.

Selbst bei anderen Virusträgern muß der long-term survivor seine Aufrichtigkeit dosieren. Der positive Tonfall duldet keine Zwischentöne. Virusträger sind Hoffnungsträger.

Allergisch gegen Skepsis und Niedergeschlagenheit.

Allergisch gegen ihre Sterblichkeit.

Sie teilen das Feindbild derer, die nicht infiziert sind.

Tod-Feind, Feind Tod.

Ein Frevler, wer mit dem Gegner liebäugelt, ein Ketzer, wer versöhnlich von dem spricht, den alle totschweigen, ein Verräter, wer freiwillig dem Feind die Türen öffnet.

Oft friert der long-term survivor in den barschen Eindeutigkeiten und Vereinfachungen der anderen Virusträger.

»Hiv hiv hurra«, kalauert sich der unverwüstliche Ludwig durch die Tage.

»Ach, Gott, leidet das arme Hivchen schon wieder?« spöttelt Bernd, dessen gnadenlose Frohnatur auch Hartgesottene deprimiert.

»In Amerika sind die Schwulen viel weiter. Wir müssen unserer Trauer einen Ort suchen«, fordert Rolf, eine seltsame Leere in seinem Gesicht. »Was, du jammerst, weil du in diesem Jahr drei Freunde an Aids verloren hast? Ich habe in diesem Jahr neun Freunde begraben. Neun!«

Eine groteske Rivalität beherrscht auch das Unglück.

Vielleicht ist das Leid so groß, daß es uns verzwergt.

Vielleicht sind wir der Größe unseres Unglücks nicht gewachsen.

Vielleicht hat uns der Schmerz eine leise Sprache verschlagen.

Vielleicht ist unsere schaurige Banalität ein Reflex auf das Unfaßbare.

Jeder sucht sich einen anderen Schutzmantel. So viele Methoden und Strategien. Manöver und Taktiken. Der eine flüchtet in die Religion, der andere wehrt sich mit Esoterik. Politik oder Philosophie. Aktionismus oder Fatalismus. Kunst oder Spiritismus. So viele Programme, in denen wir uns nicht begegnen, so viele Phrasen, in denen wir sprachlos bleiben. Die Mißverständnisse der Lebenden sind die Mißverständnisse der Sterblichen. Uns findet keine neue Sprache, wir suchen keinen neuen Ton. Das Virus, das uns mit der Freiheit infiziert, über den Schatten unserer Enge herauszuwachsen, integriert sich mit den Jahren in das Inventar unserer Gefängnisse.

Ich werde mich von niemandem verabschieden. Ich werde weggehen und sehen, was passiert. Ich werde mich treiben lassen. Ich werde überall ein Fremder sein.

Arthur wird Carsten anrufen. Carsten wird mit Helga telefonieren. Helga wird sich bei Bruno erkundigen.

»Hat er sich inzwischen bei dir gemeldet?«

»Nein, das sieht ihm überhaupt nicht ähnlich.«

»Hat jemand in seiner Wohnung nachgeschaut?«

»Ja, Arthur hat einen Zweitschlüssel. Ein überquellender Briefkasten und etliche Nachrichten auf seinem Anrufbeantworter.«

»Und sein Arzt?«

»Weiß auch nichts. Bei der letzten Kontrolluntersuchung ist er nicht gewesen.«

»Vielleicht ist er spontan verreist.«

»Allein? Niemals. Du kennst doch seine Unselbständigkeit. Und selbst wenn, dann wüßte zumindest Arthur davon. Die beiden haben täglich miteinander telefoniert.«

»Vielleicht hat er endlich begriffen, daß es Zeit wurde, sich aus der Verstrickung mit Arthur zu lösen. Möglich, daß er jemanden kennengelernt hat.«

»Glaube ich nicht.«

»Ich eigentlich auch nicht.«

»Ruf mich an, wenn du was hörst.«

Trübäugig glotzt dieser Januarmorgen auf meinen Fensterplatz Nr. 111 im Großraumwagen, aber ich fühle in mir ein helles Entschlossensein. Ich bin stark. Bereit, den Tagträumer hinter mir zu lassen, der sich mit seinen Kopfreisen begnügt, den imaginären Abenteuern und Phantasielandschaften. Ich werde die große Maulhure mit einer Wahrheit verkuppeln, die jenseits der Worte beginnt. Noch fünf Minuten bis zur Abfahrt …

»Leben Sie jetzt intensiver?« fragen mich die Menschen bei meinen Lesungen immer wieder, und der professionelle Todeskandidat füttert die sterblichen Amateure mit Sätzen, die ihm sein Wunschbild von sich selbst diktiert.

»Der beschleunigte Schlag der Uhren hat mich gelehrt, den Blick auf mich selbst auszuhalten, mich meinen Wahrheiten zu stellen. Ich bin nicht mehr so anfällig für Selbstbetrug und Halbherzigkeit, bin nicht mehr bereit, kostbare Zeit mit Lauheiten zu vergeuden«, lüge ich aufrichtig und fürchte mich vor dem Augenblick, der mich wieder auf mich selbst wirft. Habe ich keine Lesung und keine Verabredung, ist es vor allem die Angst, die intensiv in mir lebt. Angst, die ich mit dem Lebenstheater eines Schmierenkomödianten bekämpfe.

Guten Morgen, Stuhl. Guten Morgen, Schreibtisch.

Guten Morgen, Tisch, guten Morgen, Sofa. Spinnerter long-term survivor, der alles mit überkandidelter Freude berührt und beim Namen nennt, Bücher aus dem Regal nimmt und staunend in ihnen blättert, jede Seite zärtlich befühlt und befingert, der in seinem Zimmer auf- und abgeht wie einer, der nach gefährlichem Sturm am rettenden Ufer erwacht.

Blühende Zimmerinsel, glückliche Zuversicht. Schauen wie einer, der alles zum ersten Mal sieht, von keiner Erinnerung getrübt.

Schauen wie einer, der die Küstenlandschaft über dem Sofa entdeckt und das blaue Stilleben neben dem Fenster, das Theaterplakat neben der Tür und die Tür selbst, die plötzlich ins Freie führt.

Mein Herz schlägt sich auf meine Seite, komplizenhaft, jede Stunde ein Abenteuer. Die Uhrzeiger sind Taktstöcke, ich gehorche dem Rhythmus, trunkene Geschwindigkeit, blaues Tempo, ich tanze, ich bin in Bewegung.

Gleich schnappst du über, warnt der in mir, der seit sieben Jahren meine jäh aufeinanderfolgenden Anfälle von Todesangst und Lebensfreude beobachtet, meine aufgeregten Beschwörungen und Beschwichtigungen, aber ich kann nicht aufhören, vor mich hin zu murmeln und zu singen. Ich stehe trällernd unter der Dusche und wecke meinen Körper, dem ich lange nur mit der Aufmerksamkeit des Patienten begegnet bin. Jeder blaue Fleck ein Zeichen des Verfalls, jeder Pickel das gefürchtete Kaposi Sarkom, die kleinste Lymphknotenschwellung die Ankündigung des nahenden Todes. Guten Morgen, Hände, guten Morgen, Füße, guten Morgen, schöne Ruhelosigkeit, guten Morgen, Erinnerung, die mit dem Wasser über meinen Körper rieselt. Gespeichert im Gedächtnis der Haut, die Biographie der lebendigen Tage und Nächte, die vielen unbekümmerten

Augenblicke, die sich im Alter des Siebenunddreißigjährigen immer wieder ihre Jugend erfinden.

Sie erzählen mir eine Geschichte, die mit »Es war einmal« beginnt. Der Held ist fünfzehn Jahre jünger als der Mann, der unter der Dusche steht. Er streunt durch die Großstadtwildnis und folgt jedem Ruf, der ihm gilt. Ist Jäger und Beute zugleich. Der Buchstabe A besitzt kein tödliches Geheimnis, er verspricht Anfang, Aufbruch, Atemlosigkeit, alle Abenteuer.

Aus der Haut fahren. Mit schnellen Atemzügen. Weit, weit weg. Zurück. An der Seite von Arthur das Meer entdecken.

Wer verteilt Shampoo in meinem Haar, sind das meine Hände?

Tage wie Feste, Tage wie Festungen. Ich verteidige jeden Anflug von Hoffnung, wappne mich gegen den Absturz in die Gesichter der Leute, die meinem Blick ausweichen, als wäre schon mein Gruß ansteckend. Zu einer Grimasse säuerlichen Ekels gefriert das Bonbonlächeln der Friseuse, die rauchend vor ihrem Salon steht.

So einer dürfte eigentlich nicht in unserer Straße wohnen, denkt Frau Münster aus dem Vorderhaus, die sich noch bis vor kurzem gerne mit mir unterhalten hat. Jetzt schweigt sie sich schnell und ängstlich an mir vorbei. Ich habe keinen Satz gegen ihre Hilflosigkeit, ich gehe weiter und tue so, als glaubte ich an den magischen Zeitpunkt, der mir irgendwann die richtigen Worte diktiert. Für Frau Münster und alle anderen, die mich seit meinem Buch wie einen Aussätzigen betrachten.

»Ich habe Sie gestern in der Zeitung gesehen«, ruft der Fleischer mit bedrohlicher Freundlichkeit und begnügt sich vorläufig damit, auf ein Steak einzuschlagen. Seine Frau prüft mein Gewicht mit schmalen Augen und wundert sich, daß ich aufrecht in ihrem Laden stehe. »Sie sehen schon so braun aus«, lügt die Verkäuferin beim Bäcker, mit der ich oft gescherzt habe.

Seit meinem Fernsehauftritt als »Aidsliterat« wird sie rot, wenn ich das Geschäft betrete, und klaubt mit spitzen Fingern mein Geld von der Theke.

»Sie brauchen keine Angst zu haben. Das Geld eines Virusträgers kann Sie nicht infizieren«, sagt etwas in mir, sehr ruhig und gelassen, während ich Unverständliches stottere und mich beeile, mich wieder in mein Zimmer einzuschließen.

Einsame Zimmerinsel, der Gestrandete wirft Schatten, über die er nicht springt, die Küstenlandschaft über dem Sofa brütet schon den nächsten Sturm aus. Ich trinke Kaffee und fürchte mich.

Der Türspalt, ein feindlicher Mund, der letzte Sätze gegen mich sammelt, verbündet mit den Rissen an den Wänden, die meinen langsamen Verfall aufzeichnen.

Alle Dinge im Komplott.

Der Schreibtisch mit seinen vollgekrakelten Zetteln und Papieren, den verworrenen Notizen und Hilferufen. Aus allen Ecken und Ritzen bröckeln die verstaubten Hoffnungsworte. Gebete an einen Gott, an den ich nicht glaube.

»Ich habe heute einen langen Spaziergang gemacht«, sage ich zu Arthur und schildere Farben und Gerüche, inbrünstig und verlogen, während ich leise neben mir stehe und wünsche, daß ich die Hälfte jener Lebensfreude empfinden könnte, die ich so laut behaupte.

Gefährliche Zimmerinsel, in jedem Ding lauert Unheil.

Blutige Zwangsvorstellungen im Schatten der Schreibtischlampe. Herzlärm, der die Stille erschlägt. In meinem Kopf zersplitterndes Glas, die ersten Steine, die durch mein Fenster fliegen. Schwule, infizierte Sau, schreien sie im Hinterhof, besonders laut die Stimme des Fleischers. Schwere Stiefelschritte auf der Treppe, der Skinhead aus der Jonasstraße tritt die Tür ein.

Einatmen, ausatmen, warten, bis es wieder still wird, als müßte ich die eine Angst mit einer anderen Angst betäuben, einatmen, ausatmen, warten, bis das Unheil in den Dingen weiterschläft. Nicht auf den hören, der lebensmüde in mir herumspukt, mit der Sehnsucht, vom Tod genommen zu werden, schnell und heftig, nicht auf den hören, der sich todesgeil in mir herumtreibt, bereit, sich erschlagen zu lassen oder sich vor die U-Bahn zu stürzen, bereit, alles hinzunehmen, was seine Geschichte beendet.

Die Augen schließen und die Dunkelheit der Nacht herbeiträumen, wenn ich mein Zimmer verlassen werde, um mich als Voyeur zu denen zu flüchten, die nichts von mir und meiner Geschichte wissen. Durch die Straßen streunen und den Liebespaaren zuschauen, schamlos gaffen und glotzen, mir vorstellen, daß ich es bin, der küßt und geküßt wird, mich lüstern von Erinnerungen umarmen lassen, die geweckt werden von einem Ruf, der nicht länger mich meint.

Jede Straße eine Galerie mit lebenden Bildern für die leidenschaftlichen Augen des Betrachters, jeder Platz ein nächtliches Theaterstück für den ruhelosen Zuschauer. Der Nacht entgegenträumen, wenn ich mein Gefängnis verlassen werde, um in der letzten Reihe irgendeiner Spätvorstellung mein Knie an das Knie meines Nachbarn zu drücken. Mit verschwitzten Händen Popcorn in mich stopfen und mich in die wilden Sexszenen auf der Leinwand hineinmogeln, meine Haut zur Erinnerung zwingen, auch an Berührungen und Spiele, die sich nur in der Phantasie verwirklichten. Dem nächtlichen Voyeur fehlt der nüchterne Blick für die Bemühtheit der Szenen, eingesperrt in seinen verfallenden Körper, fällt er in einen Bilderrausch.

Die unechten Seufzer und Schreie, nur Material für den Film, der sich in seinem Kopf dreht.

Die warmen Hände von Arthur auf meiner Schulter. Sein Atem in meinem Nacken. Vor uns das Meer, das Arthur mir in einem Anfall von Verschwenderlaune widmet. Ich revanchiere mich und schenke ihm eine weiße Wolke, die mir besonders gut gefällt. Arthur. Seine Hände. Sein Lachen. Ich lebe, mit geschlossenen Augen, jetzt, in meinem Zimmer, mit feuchten Händen, im kichernden Dunkel eines Kinos.

Kein Neid auf das Pärchen vor mir, das sich zärtliche Albernheiten zuflüstert, keine Bitterkeit über die mich umgebende Zweiheit der anderen, jetzt sitze ich in ihrer atmenden Gegenwart, geborgen für die Dauer eines Films.

Die Stille in meinem Zimmer vertreibe ich mit den Stimmen und Geräuschen, die ich draußen finde. Die nächtlichen Raubzüge des Voyeurs. Ich hebe Sätze auf, die ein junger Mann fallen läßt, und versuche mich an einem stummen Nachmittag in meinem Zimmer an den Klang seiner Stimme zu erinnern. Wehre mich gegen den kleinen Kosmos meines Virusträger-Ichs und schaffe mir ein bißchen Welt, die über den Rand meiner Kaffeetasse hinausgeht. Aufdringlich beuge ich mich über das New York, das Claus mir serviert, verwirrt von meiner Anteilnahme und den gierigen Fragen nach Einzelheiten. Der junge David genießt meine Aufmerksamkeit und zählt stolz die Männer auf, die er in den letzten zwei Wochen kennengelernt hat. Auch das Leben aus zweiter Hand leuchtet in dunklen Stunden, Abglanz jener Tage, auf die ich etwas verlogen schaue, entschlossen, damals glücklich gewesen zu sein.

Der Schmarotzer, der sich vom Leben der anderen

nährt, wird jäh vertrieben von dem, der alle Fenster und Türen schließt. Das Telefon ausstöpselt und sich zurückzieht. Jeden Besucher barsch abweist und sich ins Bett legt.

Ich ertrage sie nicht länger, die nachsichtigen Zeugen meines Unglücks, das sich in sieben Jahren an sich selbst gewöhnt hat.

Ich ertrage sie nicht länger, die gnadenlose Zuneigung meiner Freunde, die mich in einen tapferen Clown verwandelt.

»Du bist witzig und unterhaltsam. Ich kenne niemanden, der soviel Humor hat wie du. Warum schreibst du nicht mal ein lustiges Buch?« spöttelt Bruno, vor dessen Tatendrang und Produktivität ich mich wie eine zimperliche Oma fühle.

»Ich schreibe gerade an einem satirischen Roman«, lüge ich und spiele einen Mann, der Bruno gefällt.

»Hast du heute geschrieben? Du mußt schreiben, hörst du? Schreib jeden Tag mindestens eine Seite«, fordert Arthur, und ich erfinde ein Manuskript, an dem ich konzentriert arbeite.

»Schreibst du etwa wieder über Aids?« fragt Helga, mißtrauisch und mißbilligend, und ich schüttele vehement den Kopf und dichte aus dem Stegreif eine Story herbei, die die Zustimmung von Helga findet.

»Dein nächstes Buch sollte nicht so autobiographisch sein«, sagt Carsten, der sogenannte Betroffenheitsliteratur von richtiger Literatur unterscheidet.

»Mein nächstes Buch wird absolut fiktiv«, behaupte ich mit fester Stimme und verrate das Thema, das mich schreibt.

Ich ertrage sie nicht länger, die kläglichen Lügen und Hilflosigkeiten, das kalte Gefühl von Fremdheit, das ich auch inmitten meiner Freunde empfinde, ich will in Ruhe gelassen werden, ich …

»Entschuldigen Sie, könnten Sie mir bitte helfen?«

Ich öffne die Augen und sehe eine zierliche ältere Dame mit einem großen Koffer, die belustigt auf mich herablächelt.

»Ich bin zu klein«, präzisiert die Dame geduldig ihre Bitte, und ich begreife endlich, was sie von mir will und hieve ihren Koffer in die Gepäckablage. »Vielen Dank. Das ist sehr freundlich.«

Ich murmele eine nette Floskel und kehre aufgeregt zu meinem Fensterplatz zurück. Langsam rollt der Zug aus dem Bahnhof.

Eine schnarrende Lautsprecheransage vermischt sich mit Abschiedsrufen und Stimmen. Ich presse meine Nase an die Scheibe, während sich die ältere Dame umständlich auf dem Platz neben mir einrichtet. Mein Herz schlägt laut und entschlossen. Mir ist, als ob all die winkenden Hände und wehenden Taschentücher dem Mann gelten, den ich ein für alle Mal hinter mir lasse.

»Fahren Sie auch nach Düsseldorf?« fragt mich meine Nachbarin und lächelt gesprächsbereit.

»Vielleicht. Mal sehen. Kann sein, daß ich vorher aussteige. Ich weiß es noch nicht«, antworte ich und lehne mich in meinen Sitz zurück. Mit geschlossenen Augen, hinter denen ich Abschied nehme von meinem alten Ich. Keine Phantasiereisen mehr. Keine Buchstabenfluchten. Keine Revolte auf dem Papier. Kein erfundenes Leben. Diesmal bin ich wirklich unterwegs.

Das Aufwachen an diesem Morgen. Ich packe meine Reisetasche. Ich fahre zu einer Lesung. Wie schon so oft. Nichts Besonderes.

Immer wieder die gleichen Szenen. Unmengen von Kaffee und Zigaretten im Speisewagen der Deutschen Bundesbahn. Die Ankunft auf einem Bahnhof, der an andere Bahnhöfe erinnert, ebenso wie die Buchhandlung anderen Buchhandlungen gleicht. Die Lesung im Oktober, die ähnlich ist wie die Lesung im November. Die gleichen Fragen, die gleichen Antworten, danach ein Essen mit dem Buchhändler und irgendwelchen Leuten, und am Ende die Tristesse eines Hotelzimmers, in dem der erschöpfte Autor seinen Teddybär umarmt, der ihn als Maskottchen auf allen Reisen begleitet. Immer wieder ähnliche Szenen, und doch bin ich angewiesen auf das Karussell der Wiederholungen, brauche diese Lesungen, die mich aus meinem Zimmer führen und zur Bewegung zwingen.

Am Anfang jeder Reise die leise Wundergläubigkeit, daß ich bei meiner Lesung einen anderen Positiven finde, der sich vom Virus der Liebe anstecken läßt, infizieren mit der Bereitschaft, bedingungslos zu lieben und zu leben. Mein Traum von einer heftigen Liebesgeschichte, die in irgendeiner Buchhandlung ihren Anfang nimmt. Der herumreisende Autor als wandelnde Kontaktanzeige.

Jetzt trage ich meine Haut zu Markte, verkaufe mein Fieber und meine Alpträume, meine Nächte und meine Gespenster, biete all das feil, was ich für meine Geschichte halte, mein kleines, chaotisches Leben. Jetzt schneide ich meinen großen, dunklen Tod in viele, bunte Einzelteile, auch das kleinste Stück hat seinen Preis, Honorar für jeden Zentimeter Sterblichkeit. Der Todesclown rudert beim Lesen wild mit Händen und Füßen, zappelt hin und her, stolpert routiniert über Bonmots und läßt zwischen betrüblichen Sätzen komische Anekdoten aufleuchten. Keine Schwanengesänge, niemand, der aus dem letzten Loch pfeift, nichts, was verschrecken könnte, der Tod ist ein guter Entertainer. Ein Seiltänzer, der dem Abgrund vertraulich zuzwinkert.

Mit Lust enttäusche ich die Erwartungen der Voyeure.

Der schwächliche Todeskandidat entpuppt sich als Energiebündel. Keine verhauchte Stimme, sondern ein dröhnendes Kammersängerorgan.

Zwischen Exhibitionismus und Voyeurismus manchmal wundersame Augenblicke von Nähe und Verstehen. Ich habe keine fertigen Antworten in meiner Literatentasche, aber ab und zu geschieht es, daß sich meine Fragen geschwisterlich mit den Fragen der Zuhörer verbinden. Dann bin ich mit allen ein Fleisch und eine Seele. Wir sitzen in einem Boot, unterwegs ins Unbekannte. Aber auch dann, wenn keine Gemeinsamkeit entsteht, rettet mich jede Lesung vor der Stille meines Zimmers.

»Dem Virus verdankt dieser Autor seine Bekanntheit«, konstatiert verärgert ein Pressemensch in seinem Artikel. Besonders aber erbost ihn, daß ich nicht längst gestorben bin.

»Ich hoffe, du bist über so einen Schmierkram erhaben«, fragen Freunde, und ich nicke brav und eifrig, während sich die giftigen Sätze hinter meiner Stirn vermehren.

Mein Virus, meine Identität. Mein Virus, mein Thema. Mein Virus, meine Karriere. Ich bin ein erfolgreicher Sterblicher. Meine Todesangst ist ein Erfolg, der sich in Zahlen ausdrückt. Wie viele Bücher wurden in diesem Monat verkauft, wie viele Kritiken sind erschienen? Ich lechze nach Ruhm und nach Bedeutung, dichte mir meine Unsterblichkeit zusammen. Will mich nicht nur über mein Virus definieren, unterscheide pedantisch die virusbedingte Schlafbedürftigkeit vom »rechtschaffenen Schlaf« am Ende eines arbeitsreichen Tages.

Unwichtig, daß dieser fleißige Mensch schon immer geschrieben hat. Gedichtbände, die in kleinen Verlagen erscheinen. Komödien, die von Off-Theatern gespielt werden. Die große Literaturbühne betritt der Erfinder seines eigenen Lebens als autobiographischer Autor.

Einer, der über sich selbst schreibt, ist kein Dichter.

Das verkannte Genie, das von den schwindelerregenden Höhen des Dichterruhms träumt, sitzt blaß im Etikettenkarussell.

»Stört es Sie, wenn man Sie als schwulen Autor bezeichnet?«

»Gibt es einen schwulen Blick, eine schwule Ästhetik?«

»Wäre es falsch, Sie als Aidsliteraten zu verstehen?«

»Handelt es sich hier um Betroffenheitsliteratur?«

»Werden Sie nur noch über Aids schreiben?«

»Bedeutet Schreiben für Sie eine Art Therapie?«

Der Worttäter als Opfer seiner Sprachlosigkeit.

Ich akzeptiere die Grenzen der Mitteilbarkeit und hänge ein Lachen über das Schweigen, das mich und alle Unsagbarkeiten für sich behält.

Der Abgrund, in den ich stürze, heißt Vordergründigkeit.

Freiwillig betritt der autobiographische Autor die Manege des Literaturzirkus. Der todgeweihte Narziß kompensiert seinen Sturz mit Beifall. Hinterhofdichter und schwuler Exot. Ghettopoet. Aidsliterat.

Jedes Mißverständnis ist ein Seil, auf dem er tanzt.

Leserbriefe ersetzen die ausbleibenden Liebesbriefe. Mitteilungen aus Halle und Heidelberg, Salzgitter und Schwerin, München und Magdeburg. Botschaften aus anderen Welten, die die Zimmerwelt des Dichters verändern. Ferne Brüder und Schwestern betreten seine Nacht und geben sich zu erkennen. Eine große Familie, an die der verwaiste Zimmerdichter denkt, bevor er in seinen Schlaf fällt.

Die Leserbrief-Familie tröstet den autobiographischen Autor über die Verrisse, die er in der schwulen Presse erntet. Der Autor erwirbt sich den Ruf, eine »trübe Tasse« zu sein. Selbstmitleidig und weinerlich. Optimismus als Dogma. Erwünscht ist die heldenhafte Pose, die unterhaltsame Travestie aller Gefühle. Angst und Trauer werden nur zugelassen, wenn sie im Kostüm der Ironie erscheinen. Applaus für den Schmerz, der sich in ein Bonmot verwandelt, Beifall für die zeitgeistige Relativierung aller betrüblichen Wahrheiten und Tatsachen. Die Kritiker sind Spiegelbilder, in denen der Autor sein früheres Ich wiedererkennt. Sein Ich in der lachenden Rüstung. Bewaffnet mit erbarmungslosem Witz und unerschütterlichem Humor. Aufgerüstet mit dem Katalog jener Tugenden, von denen viele schwule Männer glauben, daß sie sie doppelt und dreifach erfüllen müssen.

Die Allgegenwart von Krankheit und Tod in der schwulen Wirklichkeit hat nicht dazu geführt, daß wir emotionaler miteinander umgehen. So mächtig ist der Schrecken, daß wir seine Allmacht durch Kaltschnäuzigkeit leugnen.

Wir verdrängen den täglichen Terror des Todes und tanzen auf dem Vulkan. Wir verordnen uns und allen anderen Kampfgeist rund um die Uhr.

Wer nicht mit einem Witz auf den Lippen zu sterben weiß, ist ein Spielverderber.

Ich lese meine aufgeschriebenen Nächte, alle Stunden, die ich den beschleunigten Zeigern meiner Uhren abgerungen habe, und während ich lese, verläßt mich der Mut, und ich entziffere auf den Gesichtern des Publikums die stumme Bitte, meine Wahrheit für mich zu behalten. Der, der in seiner Phantasie aufsteht und aus der Buchhandlung läuft, um mit dem nächsten Flugzeug vor sich und seinen Tatsachen zu fliehen, ist nicht der, der stockend weiterliest, mit rotem Gesicht und Messern im Bauch. Was bleibt übrig von meinem Todesmut?

Aidsbesessenheit, täglicher Veitstanz, der schwarze Schaum der Unsagbarkeiten auf den Lippen, kein Wort rettet. Das weiß ich und schlage trotzdem auf die Schreibmaschine, reihe Satz an Satz, täglicher Rosenkranz.

Aidsbesessenheit, die Nachtteufel treiben mich in die Bars, prosten mir zu mit vielen Gläsern und versprechen mir einen männlichen Engel. Ich bin der Positive, der sich öffentlich gemacht hat, ich verkörpere eine Tatsache, die alle vergessen wollen, ich sitze am Tresen und saufe mich zu. Manchmal ein Fremder, der mir die Namen seiner toten Freunde aufzählt.

Aidsbesessenheit in meinen Schlafsümpfen, in die ich wehrlos falle, die Tode derer zu sterben, die schon gestorben sind. Den Kaposi-Tod von Mike, der mit zornigen Flecken im Gesicht an meiner Seite auf der Act-up-Demo marschierte, ein rebellisches Skelett. Den lauten Tod von Ronnie, der die Ärzte mied, um statt dessen in den Bars mit kernigen Sprüchen und gröligem Gelächter das zu vergessen, was er längst wußte, bis das Virus ihn innerhalb von vier Wochen für immer zum Schweigen brachte. Den langsamen Tod von Günther, der dreißigjährig in der Gestalt eines gehorsamen Kindes starb.

In meinen Träumen probt mein Tod seinen Auftritt, ein Verwandlungskünstler, der kein Plagiat scheut, um mich zu quälen, in meinen Träumen vereinigen sich die vielen Tode der anderen, um meinen Tod zu zeugen.

Wie lange noch? fragt sich der long-term survivor, der auch diese Nacht überlebt hat.

Schneller und schneller, das Kopfkarussell der irren Fragen, wahnwitzig kreischend hinter der Stirn, werde ich ersticken wie Thorsten oder wie Rainer Digitalistropfen schlucken, um das Karussell ein für alle Mal zum Stillstand zu bringen?

Und immer wieder die Angst, daß mich der Tod in der Fremde findet, im Hotelzimmer irgendeiner Stadt, nach einer Lesung und einem Essen mit den Veranstaltern, die Sorge, daß niemand einen der vielen Zettel entdeckt, die ich ständig mit mir führe, mit hypochondrischer Gründlichkeit. Meine letzten Verfügungen, zusammengeknüllt im Portemonnaie und in der ledernen Literatentasche, mein letzter Wille, mehrfach gefaltet in der Gesäßtasche meiner Jeans und in der Seitentasche meiner Jacke. Immer wieder das Mißtrauen, daß mein letzter Wunsch, verbrannt und auf dem Meer ausgestreut zu werden, unerfüllt bleibt. Daß Arthur, der versprochen hat, sich um alles zu kümmern, gar nicht benachrichtigt wird oder erst dann, wenn die Pathologen mich auseinandergenommen haben, das verseuchte Fleischbündel mit der depressiven Säuferleber, mit einem schon im Leben verhungerten Herzen. Ebenso unerträglich die Vorstellung, daß mich irgendein Beerdigungsunternehmen dem Schoß der Erde ausliefert, verpackt in einen Sarg, die Rückkehr des verlorenen Sohnes, ich fürchte mich vor Mutter Erde, ich fürchte mich vor allen Müttern.

Du bist dabei, verrückt zu werden, sagt eine kleine Stimme in einem zerwühlten Bett, und ich steige aus der Achterbahn meiner Hirngespinste in einen Tag, der sich vor meinen Augen dreht. Noch benommen und erschöpft von meinem soundsovielten Tod, feiere ich meine soundsovielte Auferstehung, hysterisch verzückt von der Tatsache, daß ich heute lebe, daß ich jetzt in der Mitte meines Zimmers stehe, umgeben von vertrauten Gegenständen.

Montag oder Dienstag. Mai oder Juni. Launenhaft ist meine Zeit. Unberechenbar und sprunghaft. Ein kurzer Vormittag dauert Jahre, eine lange Nacht vergeht im Rhythmus eines glücklichen Augenblicks aus einem weit entfernten Sommer. Vergangene Zeit, vergehende Zeit, tanzende Punkte vor meinen Augen, gebieterische Zeitpunkte, die mich in ihr Tempo zwingen. Ich verteidige nicht länger meine Vorstellung von Chronologie, kümmere mich nicht darum, ob meine Zeit im Einklang ist mit dem Kalender der anderen. Lasse es zu, daß sich ein Frühlingsnachmittag in einen Winterabend verwandelt, daß es in meinem Kopf schneit, während außerhalb meines Zimmers die Stadt grünt.

Ich falle jäh in die Kindheit, während ich mit Freunden in einem Café sitze, sie reden mit dem Bild des Siebenunddreißigjährigen, das sie für mich selbst halten. Niemand schöpft Verdacht, wenn ich im Tag der anderen durch meine Nacht laufe. Die anderen sehen einen Kettenraucher, der zu schnell spricht und sich verhält wie einer, der unter Strom steht. Tollwütiger Zeitstrom. Der Siebenunddreißigjährige hat sich an die Uferlosigkeit seiner Tage und Nächte gewöhnt, daran, daß er am hellichten Tag vor den Augen der anderen in seinen Träumen ertrinkt.

Vielleicht ticken meine Uhren nicht ganz richtig, vielleicht bezahle ich meine irre Zeitrechnung mit der Unmöglichkeit, die Zeit der anderen zu teilen, dafür verteidige ich alle Luxus-Stunden. Vergangenheit oder Gegenwart, Mittwoch oder Donnerstag, Juli oder August. Ich lasse alle Stunden in mir schlagen, aufsässig und gierig, meine Revolte gegen den Tod.

Undankbares, maßloses, verschlagenes Herz, das sich über jeden Augenblick hinaussehnt.

Peitschenschlag, der mich antreibt.

Immer der Befehl, jede Stunde wie meine letzte Stunde zu leben. Meine letzte Orange, mein letztes Glas Wein. Die letzte Umarmung, das letzte Lachen. Der letzte Regen auf meiner Haut, das letzte Gespräch mit Freunden.

Ich lebe und bin gleichzeitig einer, der das Leben simuliert. Immer ein lauerndes Auge, das mich betrachtet. Wertendes und prüfendes Ich, das mir über die Schulter blickt, unerbittliche Stimme. Laß dich fallen, laß dich gehen, laß dich treiben, sei mittendrin. Berauscht oder andächtig. Greif zu, wittere, schmecke, rieche, lausche, sieh, spüre. Steh nicht abseits, amüsier dich. Was denkst du gerade, was fühlst du jetzt? Verschwenderisch sein, aber keinen Augenblick verschwenden. Jetzt lachen. Mit Mund und Augen lachen. Sich den Bauch halten vor Lachen. Tiefes, warmes Lachen. Glucksendes, perlendes, donnerndes Lachen. Ich lache und schaue mir zu, wie ich lache.

Jeder Augenblick eine Bühne für meine wilden Imperative.

Wie ich diese Treppe herunterspringe. Wie ich durch diese Straße tänzele. Wie ich mich über dieses Brückengeländer beuge. Wie ich diese Kirschen verschlinge und die Kerne in alle Richtungen spucke. Wie ich mit Bruno auf der Schaukel sitze und Piaf-Lieder singe. Demonstrationen von Lebenswillen und Lebensfreude. Gnadenloses Buchhalter-Ich, das auch den Bruchteil einer Sekunde auf seine Hellwachheit prüft. Glitzender Morgen, funkelnder Nachmittag, leuchtender Abend, schillernde Nacht. Der Tag, ein Imperium aus ekstatischen Minuten und Stunden. Außergewöhnlich und unvergleichlich. Exaltiert und immer an der Grenze zum Nervenzusammenbruch. Bei mir und denen, die mich ertragen. Zwanghafte Daseinslust.

Ich auf einer Bank im Park. Ich unter einem Baum. Ich in der U-Bahn. Ich vor einem Bild. Ich in einem Konzert. Ich in einer Bar. Ich mit Freunden. Ich bei einer Lesung. Die Diktatur der totalen Lebensfreude. Da, wo mich mein Virus gelehrt hat, Zärtlichkeit für jeden Augenblick zu empfinden, zwingt mich mein Imperator-Ich zu grotesken Verrenkungen und Übertreibungen. Der Gesang der Vögel bedeutet, daß die Straße singt, daß die Sonne zwitschert, daß die Häuser jubilieren, daß jeder Schritt tiriliert und trällert.

Einem Gott, den ich herbeidichte, widme ich meine überschwengliche Dankbarkeit. Es gibt mich. Ich bin. Ich lebe. Neun Leben hat die Katze. Ich bin neunmalsterblich und neunmallebendig.

Zimmernächte, Zimmertage, die Zeiger meiner Uhren drehen mich im Kreis. Ich wähle Telefonnummern, ich gebe jedem Tag der Woche einen Namen, ich treffe Vorbeugemaßnahmen, ich trete schwankend in den Freundeskreis, in meinem Adreßbuch stehen die Namen schief und verkrakelt wie ein SOS.

Rotgesichtige Trunkenheiten, ich bin besoffen vor Unruhe, konsumiere Menschen wie Alkohol, torkele durch ihre Sätze und suche das Wort, an dem ich mich festhalten kann. Meine Freunde bieten mir ihre Hilfe an, aber ich erkenne sie nicht. Weitergehen, woanders sein.

Ich halte es in keiner Situation lange aus. Kaum, daß ich irgendwo ankomme, lasse ich den Ort hinter mir und suche, ohne zu wissen, wonach ich Ausschau halte.

Großstadtwüste, alles, was feststeht, alles, was sich bewegt, kann im nächsten Augenblick verschwunden sein, begraben unter den schwarzen Sandstürmen, die sich in meinem Kopf von selber träumen. Die Straße schüttelt mich ab wie ein lästiges Insekt. Ich stolpere und falle ins Nichts, falle im Zeitlupentempo.

Bevor die Häuser auf mich stürzen, bevor der Himmel nach mir schnappt, bevor mich die Menschenmenge unter ihren Füßen zertritt, steige ich in ein Taxi und gebe Bahnhof Zoo als Ziel an, weil mir das als erstes einfällt. Ich habe Glück und lande bei einem Fahrer mit Berliner Kodderschnauze. Andächtig lausche ich seinen derben Scherzen, lasse mich retten von seiner Bodenständigkeit.

Betrete den Bahnhof und tauche unter. Verschwinde in den Geschichten der anderen, treibe mich rum in ihrem Schicksal, das sich in schnellen Momentaufnahmen enthüllt. Bin der Stricher mit der Zahnlücke und den müden Augen. Bin der coole Typ mit der Goldkette, der Gleichgültigkeit simuliert, weil zuviel Interesse den Preis drückt. Bin der Freier mit dem Bierbauch, der einen samthäutigen Asiaten umschleicht. Bin der schmächtige Brillenträger, der sich mehrmals unsicher umdreht, bevor er hastig die Treppe zur Toilette runterläuft.

Ich spiele Abschied und Ankunft. Bin alle, die wegfahren, bin alle, die ankommen. Lasse mich umarmen und drücken, küsse Männer und Frauen, schüttele Hände, lache und winke, wische mir Tränen aus den Augen. Mein obdachloses Herz wildert, schlägt imaginäre Brükken zu Fremden, schreibt mir andere Identitäten ins unbehauste Fleisch.

»Hatten Sie einen schlechten Traum?«

Die ältere Dame neben mir schaut besorgt von ihrer Illustrierten auf.

»Nein, diesmal träume ich nicht«, sage ich und wische mir den kleinen Schlaf aus den Augen. Diesmal lasse ich mich ein auf die Wirklichkeit, in welcher Gestalt auch immer sie mir begegnen wird.

In Dortmund wird ein Buchhändler namens Rainer vergeblich auf dem Bahnsteig Ausschau nach mir halten. Ich werde nicht aussteigen. Ich werde weiterfahren, ich werde aus meiner alten Haut fahren, ich werde in eine neue Haut schlüpfen.

Keine Lesungen mehr. Keine autobiographischen Bücher. Keine Interviews. Keine Arztbesuche. Kein Zimmertheater. Keine Ausreden für den siebenunddreißigjährigen Zimmerflüchtling, der seinen Virus schamlos als Alibi mißbraucht, sich nicht zu bewegen.

Nicht länger werde ich mich von meinem Thema einsperren lassen. Ich will Fremdheit und Anonymität. Eine Stadt, in der mich niemand kennt. Keine alten Freunde, die mich in ihren Bildern gefangennehmen. Keine Liebe, die mich lähmt.

»Schlafen Sie doch noch ein bißchen. Sie sehen müde aus.«

Ich ertappe mich bei dem Bedürfnis, mich an der Schulter der kleinen Dame neben mir auszuweinen. Warum soll ich ihr nicht alles erzählen?

»Nein, ich bin nicht müde«, sage ich und falle hinter meine Augen.

Von dem blauen U erzählen, dem ich jetzt folge, mit der U-Bahn in mein unverändertes Zimmer, mein Unabänderliches, in mein Unausweichliches. Nicht ersticken im Körperkäfig, nicht aufschreien, Harmloses denken. Einatmen. Ausatmen. Nicht verrückt werden. Durch die Gesichtermauer springen, ins Freie, in etwas Mögliches. Irgend etwas sagen, mit einem Wort den Fluch bannen, die Versteinerten erlösen. Irgend etwas tun, jetzt, sofort, den Turnschuhen das Buch aus der Hand schlagen, der Flanellhose die Zeitung vom Gesicht reißen, dem gestreiften Hemd den Walkman wegnehmen.

Möckernbrücke. Ruhig atmen. Wie heißt die Hauptstadt von Portugal? Russische Komponisten? Italienische Schriftsteller? Englische Schauspieler? Spanische Maler?

Heute spielt niemand Gitarre oder Akkordeon, niemand singt, niemand bettelt, niemand bricht das Schweigen.

In der Gesichtermauer kommt kein Stein ins Rollen. Hunger wütet, starrt auf die Schenkel des Kurzhaarigen, brennt Löcher in die Haut, verbrennt die goldenen Härchen, flammendes Weizenfeld. Geiles Glotzauge. Weggucken, auf irgendein Titelbild, mich von der erstbesten Schlagzeile treffen lassen, langsam zu Boden sinken, während ich meinen Traum in den Augen des Kurzhaarigen versenke. Der guckt durch mich hindurch. Sieht kein Weizenfeld, sieht nur eine U-Bahn-Maske, einen Irgendwohinglotzer. Für ihn bin ich ein Großstadtaffe im rollenden Käfig. Ruhig atmen. Kottbusser Tor. Umsteigen. Fette Tauben auf dem Bahnsteig, sie sind überall, gurrende Julihitze, brütendes Unheil. Jemand rempelt mich an. Jetzt die Rolltreppe runter. Körper an Körper. Fauchender Hunger wittert den Schweiß der Beute. Setzt an zum Sprung. Angriffsbereit. Reißt dem Vordermann die Klamotten vom Leib. Beißt sich in Schulter und Schenkel. Das Blut fließt in den Traumstrom, niemand schreit.

Noch vier Stationen bis Leinestraße, noch vier Stationen bis in mein Zimmer. Großstadtwüste, die gelbe Schlange wartet schon, frißt wahllos ihre Opfer, spuckt einige wieder aus, schnappt nach frischem Wild.

Wiederkäuende Tage. Jetzt in meinem Zimmer, jetzt auf mein Bett gestreckt, verbannt in meinen kraftlosen Körper, gefangen in meiner Schwäche. Jetzt muß mein rebellisches Herz meine Niederlage hinnehmen, jetzt müssen wir gemeinsam warten, bis mein Körper den nächsten Schritt erlaubt. Nicht länger bäume ich mich auf, nicht länger wehre ich mich gegen die Macht, die mich am hellichten Tag besiegt. Ich lege meine Waffen nieder und lasse los. Ich bin meiner Schwäche dankbar, weil sie mich außer Gefecht setzt, mich entfernt von jeder Angriffsfläche.

Jetzt bin ich immun gegen das rote Herzgift, kein

Angstlärm und kein Hoffnungsgetöse, kein Traum, kein Wunsch, keine Sehnsucht. Keine Trauer und kein Zorn.

Im entfernten Blau eines anderen Tages atmet das Meer, das mir Arthur widmet, seine Hände in meinem Nacken.

Jetzt verliere ich mich in meiner Erschöpfung.

Große, stille Landschaft. Dem Schicksal, das mir blüht, wachse ich entgegen. Leise und geduldig.

Ich werfe alle Namen ab und begnüge mich damit zu sein.

Gelassen trete ich aus allen Identitäten.

Steige aus allen Rollen und Bildern. Benennungen und Interpretationen. Bin weder Liebender noch Freund. Bin nicht Nachbar oder Patient. Kein Autor und kein Kollege.

Ich ist jetzt ein müdes Körpertier, ausgestreckt in seine Mattigkeit.

Weit entfernt sind alle Draußenstimmen, kaum vernehmbar ist das Kopfgemurmel. Alle Erinnerungen sind obdachlos. Kein Ich, das sie hütet und verteidigt, kein Ich, das die Bilder auffängt. Meine seitenlangen Briefe an Vera. Arthur und ich in einem Boot auf dem Weißensee. Meine nächtlichen Gespräche mit Carsten. Bruno und ich auf der Schaukel. Helga und ich in Amsterdam. Ich im Park. Ich an der Schreibmaschine. Ich bei einer Lesung. Ich im Wartezimmer. Alles fällt und verflüchtigt sich. Alles verfällt der großen Gleichgültigkeit, in der nichts mehr oder weniger bedeutet.

Das Körpertier registriert die Bilder und Schemen, schaut den Erinnerungen unbeteiligt zu, das Körpertier wertet nicht, vergleicht nicht, beurteilt nicht. Die Erschöpfung verbannt mich aus meiner Geschichte, verbannt mich in ein Nirgendwo. Bis zum letzten Blutstropfen kann sie den Körper austrinken, der wehrlos in diesem Tag herumliegt.

Keinen Finger rührt der Liegende, um sich zu helfen.

Willig ließe sich das Körpertier jetzt über die letzte Grenze führen, aber die Schwäche übt nur meinen Tod. Langsam und präzise verrichtet sie ihr Werk. Mißt die Entfernungen, die sie zumutet, wiegt die Gewichte, die sie abwirft, dosiert die Leere, die sie dem Liegenden einflößt.

Das Jetzt ist die Probe für Kommendes.

Jeder Schwächeanfall ist eine Lektion, die den letzten Absturz vorbereitet. Der Schüler soll keine neuen Vokabeln lernen, seine Aufgabe ist es, die gelernten Worte zu vergessen.

Geduldig unterrichtet ihn der schwesterliche Schatten.

Der Besessene, der so panisch seinen Wortschatz verteidigt, läßt es zu, daß immer mehr Sätze der Müdigkeit anheimfallen.

Die Müdigkeit entscheidet, ob sie mir einen wachen Nachmittag genehmigt oder eine Nacht in meiner Lieblingsbar. Kraft für zwei Seiten an der Schreibmaschine oder für die Rituale des Alltags. Kraft für einen Besuch bei Freunden oder für einen Spaziergang durch die Stadt.

Müdigkeit, sture Buchhalterin, die mir manchmal eine glitzernde Stunde schenkt. Dann läßt sie mich trunken durch die Straßen streunen, atemlos glotzen und träumen, dann darf ich auf einer Party die Eingeweihten mit meiner Vitalität erstaunen und trinken und tanzen ohne ein Zeichen der Erschöpfung.

Dann darf ich drauflosleben, für mich und alle anderen ein Bild tolldreister Gesundheit, bis die Müdigkeit mich an ihre Macht erinnert und meinen Leichtsinn mit tagelangen Schlafanfällen und Apathie bestraft.

Einatmen, ausatmen, im Gestank meiner schlafdurchtränkten Kissen, zu matt, um die Bettwäsche zu wechseln, erschöpft selbst von meinen Träumen. Kann nicht schreiben und nicht lesen. Stöpsele mein Telefon aus, auch keine Kraft für ein einfaches Gespräch. Reduziere mich auf eine biologische Funktion und muß dankbar sein, daß es weiteratmet.

Unbemerkt von allen, auch von sich selbst, übt der Schlafende sein endgültiges Verschwinden.

Routiniert in den Dämmerungen, die im leisen Tempo der verrinnenden Zeit sein letztes Bett bauen.

Die Müdigkeit, eine wachsame Lehrerin, die aufpaßt, daß der Schlafende sich auf seine letzte Lektion vorbereitet.

Ich bin kein guter Schüler und vergesse alles, sobald ich wieder auftauche an der Oberfläche einer kleinen Normalität, die mich für eine Weile den Lebenden zurückgibt und ihrer Illusion, daß der Tod hauptsächlich andere betrifft. Ich simuliere Gedächtnisverlust und vergesse die lange Liste seiner Opfer aus meinem Freundes- und Bekanntenkreis. Wende mich ab von den vielen Gesichtern, die mir im eigenen Spiegelbild begegnen. Ich verleugne meinen Tod und den Tod der anderen mit allen Atemzügen, die mich seit sieben Jahren langsam auf mein Ende hinweisen.

Kaum reicht mir das Leben seinen kleinen Finger, greife ich gierig nach der ganzen Hand und klammere mich fest, bis die Hand mich wegstößt und die Müdigkeit mich erneut in ihrem Morast versenkt.

Von ihren Siegen gelangweilt oder vorläufig gesättigt von meiner Unterwerfung, entläßt mich die Müdigkeit plötzlich und verstreut Luxustage und Luxuswochen.

Ich taumele verwirrt durch den Kalender, erstaunt,

daß ich funktioniere. Eine Zeitlang scheint alles beflügelt von heiterer Selbstverständlichkeit. Ich stehe morgens auf, dusche, frühstücke, kaufe ein, gehe ins Waschcenter, kehre mit der frischen Wäsche zurück und bin immer noch hellwach.

Führe mit Vera ein langes Telefongespräch und genieße ihre Verwunderung, daß ich so ausgelassen bin.

»Wann mußt du wieder zum Arzt?« fragt sie, und ich gebe fröhlich Auskunft, der Termin nächste Woche ist auf einmal reine Routine und hat nichts Bedrohliches.

»Diesmal habe ich bestimmt bessere Werte«, sage ich zu Vera, und sie läßt sich von meiner Gläubigkeit anstecken und löst ihre Besorgtheit in einem Lachen auf. Alles ist wieder möglich, alles ist offen.

Ich lese die Zeitung, schreibe an meiner neuen Erzählung.

Schon mehrere Stunden im Tag, und noch immer nicht müde.

Freiwillig halte ich mein Nachmittagsschläfchen, das ich mir verordnet habe, und dieser Schlaf schmeckt nicht nach Krankheit und Tod, er ist leicht und unbeschwert, als wollte er den Schlaf glücklicher Kinder nachahmen.

Der siebenunddreißigjährige Greis verjüngt sich im Strom der geschenkten Zeit. Träumt buntes Wirrwarr, das sich nicht sofort deuten läßt, springt ausgeruht nach einer Stunde in den Tag zurück und plant soviel Zukunft, daß sie sich auf zwei Lebensläufe verteilen ließe.

Luxustage. Ich bin kraftvoll und unbekümmert.

Die Orange in meiner Hand ist real. Ich lasse ihren Saft auf mein Kinn tropfen und schaue aus dem Fenster.

Ist der Himmel nicht blau, wie ein Ausbruch von Ewigkeit?

Duften die Blumen nicht, die mir Vera geschickt hat?

Schwesterschwalbe, die mir einen langen Sommer herbeidichtet.

Ein wacher Blick auf meine Schreibmaschine, Komplizin meiner Gebete. Mich aufschreiben, ohne Furcht vor dem Wissen um das, was die Sätze verschweigen. Mein Thema annehmen. Zeit zeugen, die über mich hinausgeht. Trostbedürftig auch im Zustand der Lebensfreude, immer angewiesen auf die Illusion, daß etwas bleibt, was mich überdauert.

Meine Schreibmaschine, sicherer Ort, ich lebe, besessen vom Glauben an die Magie der Worte, von der andächtigen Irrationalität, daß mir nichts passieren kann, solange ich schreibe.

Heute lasse ich mir diktieren, vom Sommer, der gerade angefangen hat, in meinem Zimmer und draußen vor dem Fenster, lasse mich schreiben vom blühenden Grün des Baumes in meinem Hinterhof, vom Lächeln des jungen Mannes, der gestern im Bus mit mir geflirtet hat, lasse mich treiben von hellen Sätzen, die sich mit dem Licht dieses Tages verbünden.

»Steig doch ins Flugzeug und komm her. Der Oleander blüht. Du wirst hier glücklich sein«, sagt Vera am Telefon, und ich bin unterwegs, lande für einen Augenblick in all den milden Tagen und Nächten, die sie mit sanfter Stimme heraufbeschwört. Laufe mit ihr Hand in Hand zum Japanischen Kirschbaum, den sie in ihrem letzten Brief beschrieben hat, atme befreit auf, um mich dann, nach einer Pause, mit schrecklicher Routine wieder ins Vokabular des Gefangenen zu sperren. Kette mich an Arzttermine und Leseveranstaltungen.

Mauere mich ein mit Ausflüchten und Vorwänden. Spreche von meiner Erschöpfung nach der Buchmesse und meinem Bedürfnis nach Ruhe. Und dahinter die Angst, meine Stadt zu verlassen. Als würden alle Krankheiten darauf lauern, mich in der Fremde zu überfallen, als wäre ich außerhalb Berlins einem Heer von Ignoranten und Scharlatanen ausgeliefert. Ärzten, die sich weigern, einen Aidsinfizierten zu behandeln, Krankenschwestern und Pflegern, die sich auch in ihren giftgrünen Gummihandschuhen nicht sicher genug fühlen, mich anzufassen. Immer wieder der Alptraum, daß ich auf einer Straße verblute, umzingelt von Fremden, die verhindern, daß jemand den Virusträger berührt. Eine Zwangsvorstellung, von der mich auch die Übereifrigen nicht erlösen, die mich demonstrativ auf den Mund küssen und mit auffälliger Beiläufigkeit aus meinem Glas trinken.

Ich drehe mich in der Hysteriemaschine und trete auf der Stelle.

Ein long-term survivor, der sich nur noch selten wundert, daß sich äußerlich kaum etwas verändert.

Meine Stadt, mein Kiez, mein Ghetto. Die U-Bahn fährt nicht bis New York, die S-Bahn auch im Sommer nicht nach Kreta. Zwölf Stationen bis zu meinem Arzt, der sich gegen den Killervirus wehrt und die Tatsache, daß dieser seit Jahren die Mehrzahl seiner Patienten erledigt.

Fünf Minuten von der Wohnung bis zu meiner Apothekerin, die sich inzwischen einen großen Vorrat an AZT/Retrovir und Hivid/DDC zugelegt hat.

Mein Kiez, meine Schritte, mit geschlossenen Augen zum Bäcker, zum Obsthändler, zum Fleischer, zum Supermarkt.

Ich laufe im Kreis und träume von Griechenland.

»Die Katastrophe, infiziert zu sein, ist auch ein positives Unglück. Ich konzentriere mich auf Wesentliches, versuche, intensiver und bewußter zu leben, jeden Tag wie ein Fest zu feiern«, behaupte ich in Interviews und sage ich zu dem, der sich in seiner Wohnung vergräbt und darauf wartet, daß ein Wunder an der Tür klingelt.

Meine Zimmerzeit ist heute identisch mit der Draußenzeit. Durch blaue Wolken segelt mein Herz, das sich selbst schwenkt wie eine Fahne, bereit, sich an diesem Tag im Wind aller anderen zu drehen.

Ich ziehe ein weißes T-Shirt an, bürste mein Haar und verwandele mich im Spiegel in einen Jäger. Ich kenne dieses Lächeln, diesen entschlossenen Ausdruck in den Augen. Vertraute Gesichterlandschaft. Der Spiegel hat meine Gesichter gefangen, die gläsernen Jahre, die bunten Scherben meiner Wünsche und Erwartungen.

Die Hand des Siebenunddreißigjährigen bürstet das Haar des Zwanzigjährigen, ein fünfundzwanzigjähriger Jäger lächelt einem zu, der gerade die Dreißig hinter sich gelassen hat. Die Gesichter der vergangenen Jahre springen in diesen Augenblick, der eine alte Hoffnung jugendlich kämmt.

Mal sehen, ob ich an diesem Tag jemanden finde oder gefunden werde von einem, der in mir nichts anderes sieht als einen appetitlichen Siebenunddreißigjährigen. Ich habe Hunger auf fremde Hände, die mich neu zeichnen. Jenseits der bekannten Konturen und Muster. Im unbefangenen Blick eines Fremden das Gepäck meiner Geschichte abwerfen, mich einer Stunde hingeben, in der weder Vergangenheit noch Zukunft gewogen werden.

Was kümmert mich die Vergänglichkeit, solange mich immer wieder blaue Augenblicke halten.

Zum Teufel mit der Illusion von Dauer und Ewigkeit.

Der Mann im Spiegel lächelt mir zu. Er kennt meine Euphorien, meine übermütigen Gebete und Imperative, dankbare Beschwörungen, daß es mich wieder gibt.

Die Wohnungstür mit Karacho hinter mir zuschlagen. Das Zimmer-Ich hinter mir lassen. Leichtfüßig die Treppe hinunter, hellwach, Stufe um Stufe meinem Tag entgegen.

Ein lockender Ruf hinter jedem Fenster, ich laufe durch den blonden Traum eines Unbekannten, verströme das Licht dieses Tages in den Armen der Schwarzhaarigen, die sich über ihren Balkon lehnt und dem hinterherschaut, der um die Ecke biegt und weitergeht. Im Einklang mit sich und allen Geräuschen und Stimmen, verbündet mit der Straße, die sich ihm auf die Haut schreibt.

Ich falle in jedes Bild wie in eine Umarmung. Höre mit den Augen, sehe mit den Ohren, fühle Zärtlichkeit und Zugehörigkeit zu allen, die in mein Blickfeld geraten, fruchtbares Feld, auf dem heute alles gedeiht, alles aufblüht in Nähe und Bejahung.

Ich bin der Junge auf dem Fahrrad. Der Türke, der sich in einem Hauseingang eine Zigarette anzündet. Die junge Frau mit dem Kinderwagen. Der Dicke, der mit verschlafenem Gesicht aus einem Tabakladen stolpert. Ich lasse mich anstecken vom Lachen der Mädchen, die mit den Männern auf einem Baugerüst flirten, zwinkere drei Tauben zu, die mir träge ausweichen, schaue zu, wie mein Herz gurrend auffliegt, beflügelt von purer Gegenwart.

Ich gehe wie einer, der Schritt für Schritt triumphiert. Sich den Tag mit Haut und Haaren einverleibt. Unstillbar ist mein Hunger und nicht zu löschen mein Durst, aber dieser Tag ist meine fette Beute. Ich kaufe mir in der Emser Straße ein Pfund Kirschen und am S-Bahnhof Hermannstraße ein großes Eis mit Sahne, ich verzehre in der Karl-Marx-Straße eine doppelte Portion »Pommes mit Mayo«, und am Hermannplatz wartet eine Konditorei auf mich. Ich schlage mir den Magen voll, ich schlage mir Herz und Hirn voll. Köstliche Unvernunft, ich füttere jeden Augenblick mit Harmlosigkeit. Berauscht von meinem Sieg über die Dämonen, berauscht von meiner Kraft. Die Menschen, die Häuser, die Bäume, die Wolken, alles fügt sich in ein Bühnenbild der Zustimmung und Annahme. Heute gehöre ich dazu, bin mittendrin, lebendig und sterblich wie alle.

Die Kirschflecken auf meinem weißen T-Shirt sind rote Signale. Erkennungszeichen für einen anderen, der durch diese Stadt geht und Ausschau hält.

Wir werden uns finden, am Ende dieser Straße oder in der U-Bahn, in einem Café oder vor einem Schaufenster.

Wir werden schüchtern sein oder verwegen, aber wir werden uns erkennen.

In meinem Kopf warten die rettenden Worte auf seine Stimme. Ich will alles mit dir teilen. Deine Alpträume und deinen Schweiß, dein Fieber und deine Heftigkeit. Deine Müdigkeit und deine wilden Stunden, deinen Hunger und deine Maßlosigkeit.

Erfindungen von Leben, Erfindungen von Liebe.

Hinter meiner Stirn weitet sich der beschränkte Horizont. Das Virus ist ein Stern, der auch die Tage erleuchtet, mir die Augen öffnet inmitten der Blinden. Mich immun macht gegen Banalität und Feigheit. In meinem Kopfkino bin ich ein Held, gefeit gegen die schreckliche Vernunft der Sparsamen, ich kann lieben und leben ohne Netz. Brauche keine Sicherheiten und keine Garantien. Keine Master Card, um mir einen »lieben Gott« zu kaufen, der sich exklusiv um mein Schicksal kümmert, keine American Express Card, die mir den Sinn des Lebens beweist. Keine Beruhigungstabletten, um den Abgrund zu ertragen. Bin unempfänglich für den großen, bunten Verdrängungsschlaf der vielen, die in ihren Luxusgefängnissen vor sich hin existieren.

In meinem Kopfkino bin ich einer, der aufwacht, bereit, in der Umarmung des Todes das Leben zu lernen.

Aus meinem Schoß, springt ein wildes Kind, das nichts und niemand zähmen wird. In seinem Feuer brennen die Dompteure und ihr Alphabet der Angst. Alles verbrennt in seinen Flammen, von A wie Anpassung bis Z wie Zensur. Aus der Asche steige ich, aufbrausend und zornig, ein Aidsinfizierter, ein Außenseiter, ein »schräger Vogel«, aber einer, der sich mit jeder Feder stolz schreibt.

Siebenunddreißig Jahre alt ist das Kind, das in sieben Träumen Welt neu schafft, in sieben Träumen sein Leben noch einmal erfindet.

Das Kind braucht keinen Feiertag, weil es jeden Tag feiert, ruhelos ist auch am siebenten Tag. Den verordneten Ruhetag reißt das Kind aus seinem Kalender und tanzt.

Mutiger Buchstabenkosmos, atemloser Papierheld. Kopfrebell.

Der Tagträumer, der durch die Straßen läuft, mit etwas angestrengter Daseinslust, findet im Schaufenster einer Parfümerie sein Gesicht. Rotgesichtiger Großstadtindianer mit erhöhtem Blutdruck, er steigt mit Pillen und Kapseln, er steigt mit seinen Träumen und Heftigkeiten. Erregungszustände und Aufwallungen, die ich der Apathie und Depression vorziehe.

Mein Gesicht paßt zu den rotlackierten Fingernägeln der Verkäuferin, die sich Mühe gibt, den verschwitzten Mann im fleckigen T-Shirt totzulachen.

Professionelles Killerlady-Lachen, ihr geschminkter Mund eine Kriegserklärung.

»Dieses Eau de Toilette ist im Moment sehr beliebt. Sportlich und frisch. Oder bevorzugen Sie einen klassischen Duft?«

Die Rotlackierte lacht mir höflichen Haß in die Augen.

Ich lasse mich in ihr heimliches Blutbad ziehen und schwimme in meinem Schweiß.

Die Klimaanlage in der Parfümerie lenkt ab von der Herkunft der Kälte. Erfrieren oder ertrinken, so viele Möglichkeiten, unbemerkt zu verschwinden, zu verduften am hellichten Tag, auf dem Schlachtfeld einer Parfümerie.

Die farbigen Flacons und Flaschen sind Urnen, in die das Blut der Opfer gegossen wird. Ästhetisch. Dekorativ. Erträglich und zumutbar. Das grüne Blut der Zornigen, das blaue Blut der Träumer, das gelbe Blut der Einsamen, das rote Blut der Leidenschaftlichen.

Die Heißblütigen, die Kaltblütigen, sie alle leisten sich am Ende einen käuflichen Tod.

»Haben Sie sich entschieden, oder wollen Sie noch etwas anderes ausprobieren?«

Die Verkäuferin schaut an mir vorbei zu ihrer Kollegin, die aussieht wie ihre Zwillingsschwester.

Ich möchte noch nicht sterben, sage ich wortlos und verlasse das Geschäft.

Weitergehen. Nach Luft schnappen. Einatmen. Ausatmen.

Bis hundert zählen. Die Hauptstadt von Frankreich. Die Telefonnummer von Arthur. Eine siebenstellige Zahl für Carsten. Der Name des Präsidenten von Amerika. Mein Geburtsdatum.

Zimmerkriege. Herzkriege. Draußenkriege.

Dem Zeitgeist wachsen rote Fingernägel und ein roter Mund. Mit den Fingernägeln kratzt er an den kultivierten Fassaden und Masken. Aus seinem blutdurstigen Mund spricht die Stimme des Volkes. Meinungen. Parolen. Stammtischwahrheiten. Verleumdungen. Urteile. Ausländerwitze. Schwulenwitze. Tödliche Schlagzeilen diktiert der Zeitgeistmund auf die Titelblätter. Die

Straße ist ein Minenfeld, jeder, der herumläuft, ein heimlicher Krieg.

Der Mann im karierten Hemd verprügelt nachts mit seinen Kumpels Schwule im Park. Der Typ mit der Akne klatscht Beifall, wenn irgendwo ein Asylantenwohnheim brennt. Totschläger. Brandstifter. Vergewaltiger. Ausländerhasser. Schwulenhasser.

Die Flecken auf meinem T-Shirt sind Blutflecken.

Jetzt werde ich verrückt. Unter diesem Himmel, der Gleichgültigkeit simuliert. Jetzt werde ich schreien.

Die fetten Tauben überall. Brüten Unheil aus. Gurrende Todesvögel.

Jetzt schlägt das Amokherz der Straße auf mich ein. Jemand rempelt mich an und sticht mich nieder mit Messeraugen. Jemand schaut zu. Jemand lacht. Jemand stößt mich vorwärts.

Jetzt werde ich schreien.

Wie der Zwölfjährige, der von einem Rudel Gleichaltriger gejagt wird. »Bastard! Feigling! Mamasöhnchen! Hosenscheißer!«

Wie der Fünfzehnjährige, der sich auf dem Flur der Jugendpsychiatrie die dressierte Seele heiser brüllt. In seinem Kopf die salbungsvollen Psychologensätze. »Du bist jung. Du stehst am Anfang. Du mußt dir einen Platz in der Gesellschaft suchen. Du mußt dich in die Gemeinschaft integrieren.«

Wie der Dreiundzwanzigjährige, der auf einer öffentlichen Toilette von Halbstarken verprügelt wird. »Schwule Sau! Arschficker! Schwanzlutscher!«

Wie der Achtundzwanzigjährige, der sich nach seinem Hiv-positiv-Befund in sein Kopfgefängnis sperrt.

Wie der Dreiunddreißigjährige, der sich verständnisvolle Sätze abquält, als Arthur in eine andere Beziehung flüchtet.

Wie der Fünfunddreißigjährige, der im schläfrigen Licht eines Wintermorgens eine rote Rose auf das Grab seiner Mutter legt.

Jetzt werde ich schreien. Wie der Mann in der U-Bahn, zwischen den Totschweigern, die sich hinter ihren Zeitungen und Büchern verstecken. Die Frau im Kaufhaus mit dem verschwollenen Gesicht, die dasteht und weint, inmitten derer, die den Sinn des Lebens in ihren Plastiktüten nach Hause tragen.

Dem Schrei antworten die Sirenen der Großstadt. Einsatzbereit, rund um die Uhr, der rote Lärm, der grüne Lärm, der gelbe Lärm.

Kriegsopfer der Großstadt. Unsere Lazarette heißen Nervenklinik und Psychiatrie. Wer in diesem Krieg auffällt, landet als Karteileiche in den Akten der Therapeuten und Psychologen, Psychiater und Forensiker.

Großstadtparanoia. Jetzt gehe ich schnell weiter, jetzt renne ich dem verrückten Mann in meinem Kopf davon.

Die Häuser, die er umgestoßen hat, stelle ich wieder gerade hin. Ich wische mir seine Fieberphantasien von der Stirn, seine wirren Vereinfachungen.

Die Straße ist eine Straße. Ich höre auf, mich vor den Gesichtern zu fürchten, ich beende den Krieg.

Der Mann im karierten Hemd liest nachts Wilde und Genet. Der Typ mit der Akne arbeitet schon seit Jahren in der Friedensbewegung.

Das gewalttätige Amokherz der Straße ist ein Hungerherz, das alle Lebendigen auf eine Seite schlägt.

Sehnsuchtsaugen, Hoffnungsmünder, jeder eine herumlaufende Erwartung. Der Tag ist noch nicht zu Ende.

»Magdeburg haben Sie verschlafen«, murmelt die ältere Dame neben mir. Wieviele Jahre vergehen in einem Schlaf, wie lange dauert ein Traum? Ich liege nicht in meinem Bett. Ich gehe nicht in meinem Zimmer auf und ab. Ich renne nicht ziellos durch die Straßen. Ich warte nicht, daß Arthur anruft. Ich sitze nicht im Wartezimmer meines Arztes. Ich lungere in keiner Spätvorstellung herum. Ich schaue nicht in mein Adreßbuch. Ich wähle keine Telefonnummern. Ich flüchte mich nicht zu Carsten. Ich verabrede mich nicht mit Helga. Ich lasse mir nicht von David irgendwelche Männergeschichten erzählen.

Ich schreibe keinen seitenlangen Brief an Vera.

Es ist Januar. Ich bin unterwegs. Ich habe eine Entscheidung getroffen. Beim Aufwachen heute morgen. Beim Rasieren. Beim Suchen nach Flecken und Knoten. Beim Kaffeetrinken. Beim Blick auf den Schreibtisch am Fenster. Die Uhr auf dem Regal. Die Küstenlandschaft über dem Sofa. Das Theaterplakat neben der Tür. Beim Packen meiner Reisetasche. Beim Zuschlagen der Wohnungstür. Beim Gang durch die Straßen. Beim Warten auf die U-Bahn.

Eine Entscheidung gegen all die vielen Sätze, die mein Gefängnis bauen. Ich kann sie nicht mehr hören, diese Ratschläge und Empfehlungen, wie ich den Rest meines Lebens meistern soll.

»Sei stark und kämpfe«, sagt Arthur.

»Sei verletzbar, erlaube dir Schwäche«, sagt Carsten.

»Nicht so larmoyant und selbstmitleidig, mehr Humor«, fordern die Rezensenten.

»Vorsicht, versteck dich nicht hinter deinem Humor«, warnen andere.

»Sei radikal und politisch, engagiere dich«, empfiehlt Bruno.

»Du taugst nicht für die Aktivistenrolle«, lästert Hans.

»Sei exhibitionistisch, geh nach außen!«

»Sei nicht so exhibitionistisch, geh nach innen!«

»Sei laut!«

»Sei leise!«
»Nicht so persönlich!«
»Persönlicher!«
»Mehr Kunst!«
»Weniger Kunst!«
»Nicht soviel Autobiographisches, mehr Fiktives!«
»Weniger fiktiv, mehr Autobiographisches!«
»Nicht so privat!«
»Privater!«

Eine Entscheidung gegen all die vielen grotesken Geburtstagsparties. Gegen die pathetischen Befangenheiten, den soundsovielten Abschied, dem kein Ende folgt, sondern ein soundsovielter neuer Geburtstag und die Verpflichtung, dem todgeweihten Geburtstagskind ein teures Geschenk zu überreichen. Etwas Kostbares und Großes, das die Größe der Zuneigung beweist. Verständlich, daß auch die Geduldigen ungeduldig werden. Seit sieben Jahren warten meine Freunde darauf, daß sie in aller Form um mich trauern dürfen. Tragisch all das, aber, wenn es nun einmal so beschlossen ist, dann bitte etwas Tempo, damit die Ordnung der Dinge wiederhergestellt ist. Die Sterblichkeit des Lebendigen hat Arthur bedroht, vor der Lebendigkeit des Sterblichen ist er geflohen, als Toter werde ich seiner bedingungslosen Liebe sicher sein. Aber ich sterbe nicht. Als vitales Nervenbündel laufe ich durch die Gegend und überfordere alle. Ich gehöre nicht mehr so ganz richtig dazu, aber ich verschwinde auch nicht von der Bildfläche.

Ich überschreite alle Zumutbarkeitsgrenzen. So lang und so weit reicht keine Anteilnahme, niemand hat so viel Trost übrig. Mein siebenjähriges Unglück ist schamlos und aufdringlich. Ich überstrapaziere auch die Zuneigung der Hilfsbereiten.

Wahrscheinlich werde ich so lange leben, bis alle gestorben sind, die mich trösten könnten. Neunundneunzigjährig werde ich rüstig vor ihren Gräbern stehen und ihnen vorwerfen, daß sie mich im Stich gelassen haben. Ich bin eine Zumutung. Was läßt sich mit mir anfangen?

Undankbares, nörglerisches Herz. Laute Jammerpauke. Gott und die Welt erpresse ich mit meiner Wehleidigkeit. Schamlos spekuliere ich auf das Mitleid und die Fürsorglichkeit meiner Freunde. Teuer müssen alle dafür bezahlen, daß ich ein bißchen sterblicher scheine als sie. Ihre Nachsicht vergelte ich mit Unterstellungen und Anklagen. Ich fordere ihre Hilfe wie etwas, das mir zusteht, um sie dann dafür zu bestrafen, daß ich so unselbständig bin. Ich bin anmaßend und repressiv. Ich kassiere Zuneigung mit der Dreistigkeit eines Schuldeneintreibers. Meine Immernochgesundheit verdanke ich meinen Freunden, aber etwas in mir hindert mich daran, mich über die Wärme zu freuen, die sie mir anbieten. Lustvoll verfalle ich immer wieder dem großen Selbstmitleid.

Rauchende Fabrikschornsteine. Triste Kleinstadtbahnhöfe. Graue Siedlungen. Verhärmte Einfamilienhäuser mit kleinen, genügsamen Gärten. Eine Frau, die ein Fenster putzt. Ein Mann, der sein Auto wäscht. Drei Jugendliche vor einer Spielothek.

Verschlafene Landschaft, darüber gespannt ein mürrischer Januarhimmel.

Wie komme ich dazu, mich feist in meiner Opferrolle aufzuplustern? Als trüge ich ein besonders schweres Kreuz auf meinen Schultern, als wären alle anderen verschont geblieben, als hätte mich exklusiv ein ungewöhnlich großes Unglück getroffen.

Masochistischer Größenwahn.

Ich denke an Felix, der seiner Angst anmutige und übermütige Verse abtrotzt. Seit sechs Monaten ist er im sogenannten Vollbild. Wir lesen uns gegenseitig unsere Testamente vor und beschließen, daß, wer zuerst die letzte Grenze überschreitet, dem anderen einen würdevollen Nachruf schreibt.

»Gemein, daß man das dann alles nicht mehr miterlebt. Wir sollten uns schon zu Lebzeiten Zwischenrufe schreiben«, sagt Felix mit scherzhaftem Ernst.

Wir spielen »Mensch ärgere dich nicht«, Einsatz pro Spiel zehn DM, und trinken und rauchen uns um Kopf und Kragen. Tobias, der Freund von Felix, geht zu Bett. »Ich muß morgen früh raus.« Felix und ich würfeln weiter. Harmlos sind die Würfel, die in dieser Nacht fallen. Tendresse, die vielgeliebte Katze, beäugt uns mißtrauisch. Felix und ich würfeln und ärgern uns nicht. Wir fallen trotzig in einen kleinen Rausch. Wir ahmen die trunkenen Jahre nach, als wir und die Zeit noch nicht verloren hatten.

»Vielleicht täuscht mich die Erinnerung, aber ich meine, wir haben es damals doch miteinander getrieben«, sagt Felix, der schon wieder gewonnen hat.

»Nein, wir sind uns in einer Bar am Hermannplatz begegnet. Die Bar gibt es inzwischen nicht mehr. Wir haben geflirtet, aber dann ist jeder allein nach Hause gegangen. Wahrscheinlich war es schon zu spät«, korrigiere ich seine Erinnerung.

»Oder noch zu früh.« Felix lacht und stellt für das nächste Spiel rote Figuren auf. Ich entscheide mich diesmal für grün. Wir würfeln und trinken und halten uns gegenseitig eine Laudatio auf unser Werk. Wir sind Schiller und Goethe an einem Tisch. Wilde und Baudelaire. Mörike und Hölderlin. Ich benenne eine große Straße in Berlin nach Felix, und Felix revanchiert sich und baut mir ein Denkmal vor der Nationalbibliothek.

»Wenn ich zuerst sterbe, mußt du meinen Nachlaß verwalten«, sagt Felix und würfelt eine sechs. Besoffen von Wein und Bedeutung, besoffen von einer lachenden Traurigkeit, steige ich morgens um fünf in ein Taxi, verwundert, daß ich hineinpasse.

Vielleicht füttert Felix jetzt gerade seine divareske Katze. Oder er beschämt in diesem Augenblick den verdrossenen Januarmittag mit einem seiner schwerelosen Gedichte.

Felix wird meine Flucht verstehen. Er wird wissen, daß ich endlich über meine Schatten springe. Ich denke an Vera, die sich auch in das Gesicht meines Todes verliebt hat.

»Ich verstehe, daß du Frauen nicht begehrst. Aber ich will die Ausnahme sein. Ich wünsche mir, daß du mich auszeichnest. Ich habe keine Angst vor deinem Virus, es ist mir egal, wenn ich mich anstecke. Warum fürchtest du dich vor meiner Liebe? Wag sie doch, die mannweibliche Berührung.«

Aids als große, dramatische Metapher für den Liebestod. Ein großartiges Unglück gegen das kleinkarierte Glück der Ereignislosigkeiten. Arthur ist vor dem Gesicht meines Todes geflohen, und ich fliehe vor Vera, die den Tod romantisiert.

Auf der Opernbühne meines Kopfes habe ich oft Szenen entworfen, in denen Arthur mit mir gemeinsam, Seite an Seite, in den Liebestod geht. Hollywood total. Wir stürzen Hand in Hand von den Klippen in ein Meer, das uns willig aufnimmt. Wir trinken Champagner und lieben uns ein letztes Mal, mit der Leidenschaft, die dem Finale gebührt, dann reichen wir uns schweigend den Giftbecher und schlafen gemeinsam ein, um nie wieder aufzuwachen.

All die Sätze, die ich mir von Arthur gewünscht habe, sagt Vera, der ich nicht antworten kann. Ich sage nie den Satz, auf den Vera wartet. Wir erfinden Unmöglichkeiten, in denen wir uns nie finden. Besessen von unseren Versionen der Liebe, verwandeln wir auch Mögliches in Unmögliches.

Siebenhundert Kilometer zwischen meinem Zimmer und Veras Zimmer. Eine fremde Frau schreibt einem fremden Mann. Ein fremder Mann schreibt einer fremden Frau. Wir suchen einen Empfänger für unsere Projektionen, eine Anschrift für unsere Phantasien. Wir benutzen uns. Wir beuten uns aus. Wir mißbrauchen uns gegenseitig. Wir sind sanfte Vergewaltiger. Buchstabentäter und Buchstabenopfer.

Ich erfinde eine mütterliche Schwester, eine schwesterliche Mutter. Vera erfindet einen todgeweihten Liebhaber, einen Geliebten in Todesgefahr, den sie retten wird. Gestrandet in unseren Zimmern, flüchten wir beide in einen Traum, in dem wir uns nie erreichen. Wir scheitern auch in unserer Vision von Liebe. In seitenlangen Briefen und stundenlangen Telefongesprächen machen wir uns gegenseitig zu Zeugen unserer Niederlage.

»Ich kann dich nur platonisch lieben«, sagt der schwule Mann.

»Ich werde dich nie platonisch lieben«, sagt die heterosexuelle Frau. Ein langes Schweigen, dann beenden beide das letzte Telefonat.

Der Tag kentert am Riff der Hirngespinste.

Schwankendes Sofa, wütender Zimmersturm.

Der Mann stammelt wirre Sätze, erstickt in der Wörterflut, die ihn mitreißt, in eine Tiefe zieht, deren Geheimnis sich verschweigt.

»Am Ende aller Worte muß doch eine Wahrheit anfangen«, lallt der Ertrinkende und schnappt nach einem Rätsel, das es nicht gibt.

Der Sinn des Lebens ist ein toter Fisch, kichert der Zimmergott und schaut zu, wie der Mann untergeht.

In diesen Wochen geschieht es immer wieder, daß die Atemzüge des Kopfreisenden entgleisen. Die Tage stürzen von den Wörterbrücken, die ich mir baue mit Briefen und Gedichten, Selbstgesprächen und Telefonaten.

Ich verschwinde in meinem Kopfdunkel, das alle Erinnerungen löscht. Alle Sätze, an die ich glaube, alle Namen und Bedeutungen.

Auf meinem Anrufbeantworter Nachrichten von Freunden, die ich wie bekannte Figuren aus einer fremden Geschichte empfinde. Ihre schnellen, atemlosen Botschaften und Grüße sind für einen Mann bestimmt, der längst verschwunden ist.

Was habe ich mit Victor und seinem eitlen Geplapper zu tun? Was gehen mich die albernen Männergeschichten von David an? Warum sollte ich Bruno so bald wie möglich zurückrufen?

Ich habe ihm nichts zu sagen.

Ich habe vergessen, was Leben bedeutet. Ich existiere. Nicht ohne eine gewisse Routine. Ich rasiere den Fremden im Spiegel, kämme sein Haar und sprühe ihn ein mit seinem Lieblingsduft. Mein Körper führt ein Eigenleben, das ich gleichgültig zulasse. Ich reagiere auf die Signale Durst oder Hunger, füttere meinen Körper mit der freundlichen Sachlichkeit eines Pflegers. Ich funktioniere. Wenn der Fremde müde ist, schicke ich ihn ins Bett, und wenn der Fremde an die frische Luft will, gehe ich mit ihm spazieren. Der Fremde grüßt Menschen, die ich nicht kenne, nickt dem einen zu, schüttelt einem anderen die Hand. Ich bewege mich wie mein eigenes Double durch die Tage. Bringe die Wäsche des Fremden ins Waschcenter, unterschreibe Schecks mit seinem Namen. Gehe in den Supermarkt und kaufe ein, was mein Doppelgänger seit Jahren kauft. Mehrere Packungen Spaghetti, Champignons im Glas, einen bestimmten

Käse, Orangensaft, den Sherry, den der Mann, den ich darstelle, am liebsten trinkt, seine Sektmarke, seine Zigaretten. Die Frau an der Kasse kennt mich seit Jahren, aber auch sie merkt nicht, daß sie mich mit meinem Doppelgänger verwechselt.

Niemand gibt eine Vermißtenanzeige auf, niemand erklärt mich für verschollen. Mein Double übernimmt meine Rolle, und alle spielen mit. Nichts unterbricht die Inszenierung jenes Stückes, das unter dem Titel »Mein Leben« glatt weiterläuft.

Der Mann, der Ich zu sein behauptet, hält meine Lesungen in Mannheim und Nürnberg. Er liest mit meiner Stimme und beherrscht das Repertoire meiner Gesten, er ist die perfekte Nachahmung. Wortgewandt beantwortet er die Fragen der Zuhörer, er zitiert korrekt meine Sätze und raucht wie ich eine Zigarette nach der anderen. In meinem Tempo leert er das Glas Wein, das ihm der Buchhändler auf den Tisch gestellt hat. Er geht nach der Lesung mit den Veranstaltern in eine Kneipe und betrinkt sich. Er wankt an meiner Stelle ins Hotel und wird verfolgt von meinen Träumen.

Haben Sie sich für einen Sterbetag entschieden? Wir müssen das Sterbedatum festlegen. Sie müssen sich jetzt entscheiden. Wenn Sie sich nicht entscheiden können, müssen Sie jetzt sterben, jetztjetztjetztjetztjetztjetztjetztjetzt!!!

Mit einem Schrei erwacht mein Double im Hotelzimmer und wechselt das schweißnasse T-Shirt. Der Mann im Hotelzimmer ist ein Mann, der sich fürchtet. Er schlüpft in die vertraute Haut seiner Angst und wird Ich.

Die Angst ist eine schreckliche Wohltäterin, sie stiftet Identität.

Im Spiegel über dem Waschbecken finde ich mein Gesicht.

Mein großäugiges Angstgesicht, meine zitternden Angsthände.

Woher kommt das Blaulicht, das sich in den Gardinen des Hotelzimmers verheddert?

Ich gehe in das nächste Zimmer und klopfe gegen die Tür, bis jemand öffnet. Wenn es sein muß, stelle ich mich in den Flur und schreie alle Gäste aus ihrem Schlaf.

Angst, lach nur über den Mann, der sich an seinem Teddybär festklammert. Ich verfüge noch über andere Tricks. Eine imaginäre Musikbox in meinem Kopf. Angst, ich habe viele Lieder gegen dich.

»Weißt du wieviel Sternlein stehen?«

»Und der Haifisch, der hat Zähne.«

»Non, je ne regrette rien.«

»I am sailing.«

Ich ziehe mich an und laufe durch die Nacht. Ich lasse mich vom Erstbesten abschleppen. Irgend jemand wird sich noch draußen rumtreiben, irgend jemand wird mich mit zu sich nach Hause nehmen. So betrunken bin ich nicht.

Einatmen. Ausatmen. Der Mann an diesem Fenster in diesem Hotelzimmer in dieser Nacht denkt an den Mann, der in einer anderen Nacht in seinem Berliner Hinterhofzimmer am Fenster sitzt und auf den Anbruch des Tages wartet. Eine Nacht ist alle Nächte, alle Nächte sind eine Nacht.

»Noch jemand zugestiegen in Magdeburg? Noch jemand zugestiegen …«

Ein Schaffner tigert provozierend blond und blauäugig durch das Abteil. Ich zähme meinen Gesichtsausdruck und zünde mir eine Zigarette an.

»Er hat schon vor zwei Stunden bei mir die Fahrkarte kontrolliert. Als er gesehen hat, wie tief Sie schlafen, ist er weitergegangen. Ein reizender Mensch«, flüstert die ältere Dame und lächelt, als hätte sie meine Gedanken gelesen. Ich murmele mit heiserer Stimme etwas Zustimmendes und krame meine Fahrkarte aus der Tasche. Fahrkarte und Platzkarte sind gültig bis Dortmund.

In Dortmund muß ich mir einen neuen Platz suchen. Ich überlege, ob ich gleich nachlösen soll, aber da ich noch nicht weiß, wie weit ich fahren werde, verschiebe ich diese Entscheidung auf später.

»Na, ausgeschlafen?« grinst das uniformierte Raubtier, und ich grinse zurück und lasse meine Fahrkarte lochen.

»Ein reizender Mensch«, wiederholt meine Nachbarin und blättert geräuschvoll in ihrer Illustrierten.

In meinem Kopf das flimmernde Dunkel des Pornokinos. Ich sitze in der letzten Reihe. Verwandele mich auf der Leinwand meiner Phantasien. Bin der geile Tankwart. Der masturbierende Junge in der Badewanne. Der lüsterne Tramper. Der blonde Athlet. Der schwarze Muskelmann. Der breitschultrige Matrose. Bin alle Körper auf einmal. Packe zu. Lasse mich halten.

Zelluloid-Ekstase. Ich treibe es mit jedem Stereotyp. Stereotypen in Jeans und in Leder. Matrosenanzügen und Cowboystiefeln.

Der Voyeur phantasiert sich in die rettende Anonymität. Begibt sich in die Gewalt fremder Hände. Verliert sich mit jeder Szene ein bißchen mehr aus den Augen, bis der Mann in der letzten Reihe des Pornokinos nur noch ein weitentfernter, schwarzer Punkt ist.

Ich komme mir lustvoll abhanden. Wildere durch den Park. Schlage mich in die Büsche. Ich löse mich auf im Tanz der Silhouetten. Bin Voyeur meiner eigenen Erinnerung, die am entfernten Horizont vergangener Nächte aufglimmt, bin Voyeur in der Nacht der anderen, treibe mich rum in ihrem Schatten.

Streune herum, wenn niemand mehr da ist. Schlafloses Gehen und Lauschen. Lehne mich an einen Baum und warte, bis die Stille zu mir spricht, bis die scheuen Tiere meine Gegenwart vergessen. Raschelndes, knisterndes, huschendes Nachtleben. Atmen und dasein. Was sagt die Erde, das Gras, der Himmel über mir? Jetzt singt die Amsel.

Jetzt kreischt die Musikbox. Ich sitze am Tresen irgendeiner Bar. Verflüchtige mich im blauen Dunst der Zigaretten. Verflüssige mich mit den Mengen von Alkohol, die ich hastig in mich kippe. Sitze auf meinem Barhocker und schwimme gegen den Strom. Ertrinke in meinem Kopf. Saufe ab. Gehe unter.

»Ich hab ihn geliebt«, schreit die Musikbox.

Ich sitze auf meinem Sofa und lese die Kontaktanzeigen. Schwarz auf weiß schlägt das Herz der Stadt. Roter Lärm.

Buchstabenträume. Buchstabenberührungen. Hieroglyphen der Verlorenheit. Schreiende Panikzeichen. SOS-Signale. Erfindungen. Traummaterial. Kommunikation mit Phantomen.

Blonder Jeansboy.

Lieber Schmusekater.

Sportlicher Akademiker.

Blonder Bengel.

Ledertyp, schlank.

Knuddelschnauzbär.

Aktiver Asiat.

Unkomplizierter Löwe-Mann.

Lustige Tunte.

Motorradfan.

Damenwäscheträger.

Gut erhaltener End-40er.
Masosau.
Heißer Boy.
Opernliebhaber.
Dominanter Mann.
Bartloses Ungeheuer.
Romantiker. Ich reiße mir das kollektive Herz aus der Brust. Lasse es auf meiner Schreibmaschine schlagen. Hämmerndes lonely heart. Klopfzeichen auf weißem Papier.

Schritte im Hinterhof, Schritte in meinem Kopf. Hat jemand meinen Namen gerufen?

»Mach mal auf. Ich habe meinen Schlüssel vergessen.«

Ich schnappe nach allen Stimmen. Das Zimmerschweigen abschütteln, das sich schwer auf mich legt. Draußenstimmen, Kopfstimmen.

Ist das schon die Schlaftreppe, die ich hinuntersteige?

Ich halte den Schlüssel in meiner Hand. Jedem Fremden öffne ich. Jetzt treibe ich es mit jedem, der mich findet. Der Eine, den ich suche, ist alle, die ich gefunden habe. Für einen schnellen Augenblick oder eine kleine Zeit darüber hinaus. Der Eine, der mich jetzt mit zärtlicher Gewalt auf mich selber wirft, ist alle, die ich verloren habe.

Weint jemand in meinem Traum, oder ist das draußen vor dem Fenster? Der Schlüssel funkelt und dreht sich im Schloß aller Türen. Ich dringe in das Leben von Fremden und lasse mich in Besitz nehmen.

So viele Körper wachsen der Nacht, so viele Stimmen, die mir unter die Haut gehen. Heiße Junihände auf meinen Schenkeln, atemloses Septemberlachen in meinem Nacken. Aufgewühltes Maigeflüster. Augustvollmondgemurmel im Park. Auch das gleißende Licht eines

Sommernachmittages fängt mich, überbelichtete Momentaufnahme in den Armen eines Fremden, dem ich in seine Wohnung folge. Lichtkörper, die aufscheinen am Horizont der Nacht, leuchtende Erinnerung aus Fleisch und Blut.

»Das ist ein sexueller Traum«, sagt jemand und zieht mich die Schlaftreppe herunter, jede Stufe ein gelebtes oder ein verlorenes Jahr, jede Stufe ein Jahr, das übrigbleibt im Schicksalsplan.

»Er darf erst aufwachen, wenn er das Rätsel gelöst hat«, flüstert eine andere Stimme. Ein Nebelstimmchen im Kauderwelsch der Stimmen.

»Zähl die Stufen und verzähl dich nicht.«

Eins … zwei … drei, welche Zahl folgt der Drei?

»Nicht stehenbleiben«, wispert es.

»Weitergehen, weiterzählen!«

Eins … zwei … drei …

»Er stirbt zu langsam. Die anderen sind schon ungeduldig. Wieso lebt er eigentlich immer noch?«

Diese Stimme kenne ich.

Eins … zwei … drei …

»Ich ertrage seine Eitelkeit nicht länger. Er definiert sich nur noch über Äußerlichkeiten. Unmöglich, ihm nahezukommen. Das einzige, was er begehrt, ist Ruhm.«

Ich will mich umdrehen, aber es geht nicht.

»Vergiß nicht zu zählen. Die magische Zahl. Sie entscheidet. Kopf oder Zahl. Leben oder Unsterblichkeit. Liebe oder Tod.«

Nuschelndes, murmelndes Dunkel, gesichtslose Stimmen-Krake, vielstimmiges Schlafungeheuer.

Während es mich träumt, denkt das Traum-Ich, entziffert das akustische Gekrakel. Ich werde aufwachen und mich verändern. Nach Amsterdam gehen und dort eine Weile leben. Ich muß mich noch mehr von Arthur lösen. Bin immer noch wund von dieser Liebesgeschichte, die sich seit zwei Jahren Freundschaft nennt.

»Richard ödet mich an mit seinen Opern und seinen langweiligen Bürgerfreunden. Aber ich brauche Sicherheit. Ich bin kein Wichser. Sag, daß du mich nicht verachtest.«

Arthur, warum sprichst du so leise? Mein Luxuspeng, ich verachte dich nicht. Laß uns ans Meer fahren. Unser Meer wartet.

Bin ich das, der schreit?

Jetzt sind alle Stimmen verschwunden. Ich sitze mit Vera unter dem Aprikosenbaum.

»Ich bin nicht die Frau, die dich verschlingt. Ich bin deine Schwalbenschwester, und ich will alles mit dir teilen, auch deinen Tod. Ich glaube an die Macht der Liebe. Wag sie gemeinsam mit mir, die letzte Tiefe, das letzte Geheimnis.«

Schlage ich im Traum die Augen auf? Bett im Zimmer oder Bett im Schlaf. Das Laken unter mir ist naß.

Ich taumele aus dem Bett, wanke ins Bad, pinkele schlaffüßig ins Klo, leicht daneben. Muß das Bad reinigen. Werde morgen alles saubermachen und Vera einen Brief schreiben. Sie hat eine Liebe erfunden, die nichts mit mir zu tun hat. Ihre Leidenschaft gilt einem Phantom, das meinen Namen trägt. Ich schwanke in die Küche, trinke ein Glas Orangensaft, stolpere in mein Zimmer zurück, wechsele routiniert das T-Shirt, verschwinde in meiner Kissenlandschaft und lande wieder an der Seite von Vera. »Wir wollen den Geschwisterwald suchen. Ich werde die erste Frau sein, die ihn betritt«, sagt Vera und nimmt meine Hand.

Ich reiße mich los und laufe weg.

Die Traumreisen der Nacht unterscheiden sich nicht von den Tagfluchten des Siebenunddreißigjährigen.

Sehnsüchtige Bewegungen, rückwärts oder vorwärts, flüchtige Entwürfe von Realität und Wahrheit, fiktive Schlüsselerlebnisse, die das Gefängnis der Biographie öffnen.

Das Licht eines neuen Tages ersäuft in alter Nacht, die sich stur weiterspinnt im Kopf des Liegenden.

Ich will aufstehen. Duschen. Frühstücken. Meine Pillen und Kapseln schlucken. Frisch gepreßten Orangensaft trinken. An meinem Text weiterschreiben. Dem Tag Sinn und Bedeutung abtrotzen. Aktiv sein. Produktiv und kreativ. Kämpferisch und optimistisch.

Machtlose Litanei, die nichts bewegt. Ich bin eine Geisel des Bettes. Kein Fieber, das mich heute fesselt, keine Schwäche, keine Müdigkeit. Hellwach erliege ich einer großen Nüchternheit. Gefährliche Versuchung für einen, der gewohnt ist, sich vitale Trunkenheiten herbeizudichten.

Posen der Heftigkeit und der Wildheit. Radikale Gesten der Bedingungslosigkeit. Rauschzustände, in denen sich alles mystifiziert. Meine tolldreisten Sätze, mit denen ich mein Leben erfinde, seit sieben Jahren, klingen in diesem Ausbruch von Nüchternheit wie auswendig gelernte Zitate.

Wie beschreibt der in seinem Bett gestrandete Hinterhofdichter das siebenjährige Kreuz des Virusträgers an diesem Morgen?

Kein Flügel wächst dem Bewußtsein der Sterblichkeit. Kein Gedicht, in dem sich das verdammte Virus als geheimes Zeichen der Auserwähltheit verklärt. Lyrisches Delirium, das die Armee der Virusträger zu Helden der Liebe stilisiert. Zur Wildheit Berufene, die einer großen Leidenschaft verfallen. Gebrannte Kinder, die kein Feuer scheuen. Entfesselte. Von Liebe und Tod Besessene. Die unersättlichen Kinder der Nacht, die sich auf dem Altar der Wollust opfern. Ihre hektischen Rituale, Gebete und magischen Gesänge an schöne Götter, denen sie ihre Jugend schenken.

So viele Gedichte, wortmächtige Verherrlichungen und Stilisierungen.

Mein Virus, mein Fleisch und Blut, mein Leben. Mein Beruf, meine Berufung. Meine Tage und Nächte.

Täglicher Wahn und Schizophrenie. Der dichtende Virusträger in der Öffentlichkeit und der Virusträger in seinem Zimmer.

Der Januarhimmel, ein graues, zerrissenes Laken, das den Tag bedeckt. Kasernen. Fabriken. Banken. Kaufhäuser. Siedlungen. Einfamilienhäuser. Häuser, die aussehen, als seien sie von Menschen bewohnt, die sich abgefunden haben, versteinerte Leben, steingewordene Resignation.

Es wird Zeit, daß der Regen, der sich seit heute vormittag ankündigt, sein Versprechen hält, es wird Zeit, daß ein Regen meinen trüben Blick reinigt.

Nichts weiß ich vom Leben hinter diesen Fenstern, nichts weiß ich von den Hoffnungen und Kämpfen.

Der Schlaf hat meine Nachbarin gefangen. Ein kleines Lächeln um ihren Mund, der leicht geöffnet ist, ihre Hände wach ausgebreitet auf dem bunt bebilderten Text der aufgeschlagenen Illustrierten, als würde sie im Traum mit Hilfe von Blindenschrift weiterlesen. Von verliebten Prinzessinnen und alkoholabhängigen Herzoginnen, von frisch geschiedenen Filmstars und Königinnen, die um ihren toten Pudel trauern, von der dicksten Frau der Welt und der größten Liebesgeschichte aller Zeiten. Der Schlaf hat die ältere Dame neben mir verjüngt. Sie lächelt wie ein schlafendes Mädchen, das träumt.

Meine kleine Mama. Schnell und rücksichtsvoll ist sie gestorben. Hat niemanden belästigt. Die Rosen auf ihrem Grab, aufgewühlt von einem kalten Septemberabendwind.

»Verzeih mir, kleine Mama!«

Arthur zerrt mich weg. »Wofür bittest du um Verzeihung? Du hast dich immer um deine Mutter gekümmert. Sogar dann, als es dir selbst dreckigging. Deine Mutter hat dir nichts zu verzeihen.«

Die wütende Hilflosigkeit von Arthur, der wahrscheinlich an seine krebskranke Mutter denkt. Die blutroten Rosen, die sich gegen den Wind wehren. Arthur und ich fahren zurück. Wohin?

Mütter können nicht sterben.

Die kleine schlafende Dame neben mir. Ihr schüchternes Lächeln, das mir die Tür meiner Mutter öffnet. Es ist Juli, und ich weiß nicht, daß meine Mutter zum letzten Mal für mich umständlich ihre Wohnungstür entriegelt.

»Hast du Angst, daß dich jemand klaut?«

Meine Mama lächelt. »Ach, du weißt doch, ich … ich bin so froh, daß du da bist. Muß dir viel erzählen.«

Ich stelle die Reisetasche im Flur ab. Ich gehe zum nächsten Supermarkt und kaufe ein. Meine Mama liebt Kiwiliqueur und Kirschliqueur und Eierliqueur. Zwei große Einkaufstüten nur für Alkohol. Liqueure und Wein und Sekt. Ich kaufe ein, als wollte ich mit einer Großfamilie auf eine einsame Insel auswandern. Schinken und Wurst. Fleischsalat und Käse. Geflügelsalat und Heringssalat. Pralinen, Schokolade, Kekse, Kuchen. Säfte, Obst, Dosen mit Linseneintopf und Bohneneintopf und Erbseneintopf. Weißbrot und Toastbrot, da meine Mama kein Schwarzbrot mag. »Du weißt doch, mein Gebiß.«

Noch vor dem Mittagessen trinken wir grünen Kiwiliqueur. Ein Spaziergang im Park. Wir füttern die Enten wie bei jedem meiner Besuche. Vertrautes Ritual. Meine

Mama ist trotz der drückenden Julihitze vergnügt und ausgelassen. Nichts deutet darauf hin, daß das unser letzter gemeinsamer Spaziergang ist. Meine Mama erzählt. Von der Nachbarin, die in der letzten Zeit so komisch guckt. Von dem alten Mann, der mit ihr flirtet. Von dem Langhaarigen, der von der Polizei abgeholt wurde. Von der Frau aus dem zweiten Stock, die schon morgens betrunken ist. Ich necke sie und mache Anspielungen auf ihren Liqueur-Alkoholismus.

Meine Mama lacht. »Nein, das ist etwas anderes. Ich trinke nur, wenn du da bist. Ich trinke nur, wenn ich glücklich bin.«

Ich tue so, als hätte ich die leeren Flaschen in der Besenkammer nicht gesehen. Auch ich bin oft auf den Beistand meiner Flaschenfreunde angewiesen. So viele Sätze in meinem Kopf, die ich meiner Mama sagen möchte, aber ich finde keine Worte. Auch an diesem heißen Julinachmittag sprechen wir über Heiteres und Harmloses. Wir sprechen nicht über die krebskranke Mutter von Arthur. Wir sprechen nicht über Altersängste meiner Mama, über ihre Einsamkeit und Depressionen. Wir sprechen nicht über mein Virus. Auch an unserem letzten gemeinsamen Tag bleiben wir auf der Oberfläche. Kein Satz und keine Wahrheit, die die blauen Wolken dieses Julihimmels trüben könnten.

Hilflos und verquält ist die Liebe, die ich für diese vitale Siebenundsiebzigjährige empfinde. Zwitschernder Kanarienvogel, der mich oft mit seinen lustigen Liedern peinigt. Ich fühle mich schuldig, weil ich die gutgelaunte Rüstigkeit meiner Mutter seit sieben Jahren immer schwerer ertrage. Ich fühle mich schuldig, weil ich so viele bittere Gedanken in ihrer Gegenwart unterdrücke. Ich fühle mich schuldig, weil meine Todesangst mir näher ist als ihre Todesangst. Eine Weile habe ich geglaubt, ihr hohes Alter und mein Virus könnten sich verbünden, statt dessen hat uns die Todesangst in Rivalen verwandelt.

Ich fühle mich schuldig, weil mich ihr schneller Tod am 28. September nicht nur mit Trauer erfüllt. Ich bin erleichtert, daß ihr Tod mich von meiner Sorge befreit, vor ihr zu sterben und sie im Stich zu lassen. Schon lange ist es nichts Ungewöhnliches mehr, daß Söhne und Töchter vor ihren Eltern sterben, schon lange ist es Alltag, daß der Tod die natürliche Reihenfolge ignoriert.

Ich bin dankbar, daß der Tod meiner Mama mich davor bewahrt, ihr am Ende meines Lebens, wann immer das auch sein wird, Schmerz zuzufügen.

Kleine Mama. Ihre zaghafte Stimme am Telefon, das ihr unheimlich war wie fast alle Erfindungen der Technik. Dreimal schenke ich ihr eine Kaffeemaschine, bis ich die zwei ersten unbenutzt in einem Versteck finde.

»Du weißt doch, Frau von Uralt und die Technik.«

»Aber warum hast du mir jedes Mal erzählt, die Kaffeemaschine sei defekt?« Meine Mutter lächelt wie ein ertapptes Kind und wechselt das Thema. Die runde Kinderhandschrift ihrer Briefe, die sie mir täglich schreibt.

»Wann besuchst Du Dein altes Mütterlein wieder?« Ihr helles, junges Lachen, das resistent gegen alle Schicksalsschläge war, ihre Fähigkeit, sich zu freuen. Ein Restaurantbesuch. Eine Flasche Sekt am Abend. Ein alter Film mit Heinz Rühmann oder Johannes Heesters.

Kleine Mama, deren Kopf in der Mitte des Films auf die blumenbestickte Bluse sinkt.

»Komm, ich bring dich zu Bett.«

Temperamentvolle Entrüstung. »Aber ich schlafe doch gar nicht. Ich habe nur für einen Augenblick die Augen zugemacht, um nachzudenken.«

In diesen letzten Jahren tauschen wir die Rollen. Die

Mutter wird die Tochter ihres Sohnes. Der Sohn wird der Vater seiner Mutter.

Ich gehe einkaufen. Ich koche. Ich decke den Tisch. Ich bringe meine Mama zu Bett. Ich achte darauf, daß sie gut zugedeckt ist. Ich gebe ihr einen Gute-Nacht-Kuß auf die Stirn.

Alle zwei Monate besuche ich meine Mutter in ihrer Puppenstube. Clownspuppen und holzgeschnitzte Engel. Eine Ente aus Porzellan und ein Zoo voller Plüschtiere. Hasen und Hunde. Affen und Katzen. In meinem Reich herrschen die Bären. Zahlreich und übermächtig. Die Siebenundsiebzigjährige und der Siebenunddreißigjährige bewohnen Kinderzimmer. Wir haben uns eine heile Gegenwart geschaffen.

Auch mein Herz ist ein zwitschernder Kanarienvogel, auch ich dichte mir die Wahrheiten schön.

Das traurige Kindergesicht meiner Mutter in der Tür.

»Morgen rufe ich dich an, und in acht Wochen bin ich wieder da. Du weißt doch wie schnell zwei Monate vergehen.«

Geräuschvoll dreht sich der Schlüssel im Schloß, laut wird die Tür verriegelt.

Acht Wochen später folge ich sechs Sargträgern.

Die rote Strickjacke meiner Mutter über dem Stuhl. Die verwaisten Puppen und Plüschtiere. Ich adoptiere eine kleine Clownspuppe und biete ihr ein Zuhause in meinem Kinderzimmer in Berlin.

Ich habe das Reich der Bären verlassen. In meiner Reisetasche nur noch der kleine Hellbär, der mich auf allen Lesetouren begleitet. Der Mann, der an diesem Januarmorgen seine Reisetasche packt, um zu einer Lesung nach Dortmund zu fahren, ist nicht der Mann, der sich jetzt von allem entfernt. Ich bin unterwegs. Ich bin allein. Ich bin frei. Ich kann alles wagen. Vielleicht suche ich mir einen Job als Barkeeper, vielleicht werde ich Nachtclubsänger. Ich kann kriminell werden oder wahnsinnig. Auch ein neues, unbekanntes Unglück wäre besser als die klägliche Routine meines alten Unglücks, das sich häuslich in mir eingerichtet hat. Ich weiß nicht, wo ich morgen früh aufwachen werde, aber ich weiß, daß es nicht in meinem Zimmer sein wird.

Zweimal klingelt das Telefon, dann schaltet sich der Anrufbeantworter ein, speichert eine Nachricht aus der Draußenwelt. Der Siebenunddreißigjährige wird zu seinen Gewohnheiten und Ritualen zurückkehren. Das Leben, das er führt, wird ihn zurückrufen, und er wird sich rufen lassen. Dankbar und bereit, aktiv den Faden seiner Geschichte weiterzuspinnen, an dem er jetzt passiv hängt.

Das Körpertier atmet in seinem Versteck. Sondert Schweiß ab. Entrinnt der Wirklichkeit des Mannes, der dieses Zimmer bewohnt. Das klickende Geräusch des Anrufbeantworters findet kein Echo im Kopf des Liegenden. Die Hände auf der Bettdecke. Fremde Hände. Wer liegt in diesem Bett, wer atmet, wer schwitzt?

Die Bilder fallen wie von weit, fallen außerhalb der Zeit.

Wer spricht, wer erinnert sich?

Alles geht über den Liegenden hinweg, geht ihn nichts an.

Die Erinnerungen lösen sich vom Körper des Liegenden. Die Hände auf der Bettdecke. Das Bett. Das Sofa. Der gläserne Tisch. Der Aschenbecher. Der Stuhl. Der Schreibtisch. Das Telefon. Der Anrufbeantworter. Requisiten für einen Fremden. Dessen Schritte in diesem Zimmer. Dessen Stimme. Dessen Selbstgespräche. Dessen Lachen. Der telefoniert. Der starrt aus dem Fenster.

Der schlägt auf die Schreibmaschine ein. Der raucht. Der dichtet sich ein Ich. Der erschreibt sich Identität. Der träumt von Unsterblichkeit. Der schreibt gegen seinen Tod. Der erfindet sein Leben.

Sprudelnde Lichtquellen im Bruchteil einer Sekunde. Übermütige Kopfhelligkeit. Alles scheint noch möglich. Unbeschwert laufe ich zum Briefkasten. Erwarte gute Nachrichten aus allen vier Himmelsrichtungen. Halte Ausschau nach dem Zeichen, das mein Schicksalsblatt wendet. Lasse mich durch nichts entmutigen. Schließe neue Verträge mit meinem Kindergott, vertraue meinem Stern. Schlucke die Pillen und Kapseln, mein Lebenselixier, das neue Hoffnung einflößt. Fürchte mich nicht vor den Kontrolluntersuchungen und Ergebnissen. Zappele nicht im Zahlenkarussell der Werte. Pilgere zur Schwerpunktpraxis wie zu einem Wallfahrtsort. Empfinde das Wartezimmer wortwörtlich unter der Haut. Warte auf die Rücknahme des verhängten Urteils. Warte auf den Freispruch, die Begnadigung.

Alles scheint möglich. Luxustage, an denen der long-term survivor aus seinem Schatten tritt. Gewappnet gegen sich selbst.

Immun gegen die Einflüsterungen seiner Kopfnacht.

Aus dem vollen schöpft der Erfinder seines Lebens.

Funkelnagelneu ist jeder Augenblick. Mein erstes Lachen. Mein erster Regen. Meine erste Umarmung. Mein erster Spaziergang. Mein erstes Glas Wein. Mein erster Tanz. Meine erste Zigarette. Mein erster Tag.

Die schwindende Zeit trifft vorübergehend ein wohlwollender Gedächtnisverlust. In eine kurze, glückliche Vergessenheit stürzen alle Panikstunden. Berauscht von der Abwesenheit der Angst, vergißt der long-term survivor alles, was er weiß.

Ich rette mich in einen heilsamen Selbstbetrug. Durchschaue nicht die plumpe Mechanik der Wiederholung, die mich seit sieben Jahren um meine eigene Achse dreht. Geblendet vor Zuversicht, verfalle ich der puren Gegenwart. Gebärde mich wie jemand ohne Vergangenheit. Als kennte ich nicht das irre Wechselspiel von Resignation und Rebellion. Kampf und Kapitulation. Als gäbe es nicht mein siebenjähriges Chaos. Das Gefühlswirrwarr der euphorischen Superlative und depressiven Verdunkelungen. Vitaler, sich seit sieben Jahren in allen Sätzen und Widersprüchen repetierender Wahn. Angstwahn. Hoffnungswahn. Siebenjähriger Terror. Ich bluffe mich selbst. Ohne Mißtrauen vor einem Ich, dessen Wankelmütigkeiten ich kenne. Immer wieder gelingt es mir, mich selbst zu täuschen, immer wieder falle ich auf mich selber rein.

Ausgelassene Unbelehrbarkeit. Jeder Ort verwandelt sich in einen Tatort der Erwartung. Das Zimmer ist Treffpunkt für Kommendes. Unerhörte Begebenheiten kündigen sich in der Stille an. Alles drängt auf den Wendepunkt. Der Supermarkt. Das Waschcenter. Die Straße. Das Café. Die Kneipe. Die Bar. Das Wartezimmer. Das Kino. Die U-Bahn. Der Park. Die Galerie. Die Buchhandlung. Jeder Ort verwandelt sich, jeder Ort ist ein mögliches Bühnenbild für das Wunder.

Flimmerndes Zimmerdunkel. Wer ist der Mann mit den überschwenglichen Gesten? Gesichter und Stimmen gehen durch den Kopf des Liegenden. Momentaufnahmen. Verwackelte Schnappschüsse. Ausschnitte aus einem alten Film.

Die Zeit ist eine Cutterin. Schneidet die Tage in schnelle Szenenfolgen. Blackouts. Rückblenden und jähe Überschneidungen. Schwarz-weiß Tage. Tage in Farbe. Bahnhof Zoo. Berliner Hauptbahnhof. Bahnhof Friedrichstraße. Flughafen Tegel. Flughafen Tempelhof. Den Flughafen Schönefeld kenne ich noch nicht. Reale Orte, fiktive Orte. Ich treibe mich rum. Ich spiele Abschied und Ankunft. Ich simuliere Bewegung und Unterwegssein. Ich steige wirklich in den Zug, ich sitze wirklich in einem Flugzeug, das hinter den Wolken verschwindet. Der Schaffner ist real, die Stewardeß ist real. Der Zug entgleist nicht, das Flugzeug stürzt nicht ab. Ich komme irgendwo an. Ich reise wieder ab. Ich lande in meinem Zimmer.

Reale Reisen, imaginäre Reisen. Ich erinnere mich an den, der weggewesen ist. Auf dem Kalenderblatt welkt der August. Tage wie Träume, Träume wie Jahre. Ich altere im Bruchteil einer Sekunde, ich verjünge mich im Zeitstrom eines Augenblicks, ich lebe.

Ich lasse es Abend werden in der Oranienburger Straße. Die Nutten stehen stramm im Scheinwerferlicht der Autos. Sie sehen aus wie eine Kreuzung aus Zinnsoldat und Barbiepuppe. Ich ziehe durch die Kneipen. Ich lasse mich naßregnen in der Rosenthaler Straße. Ich streune durch das Scheunenviertel. Ich fahre im Taxi nach Hause. Ich schreibe ein Gedicht. Ich falle in den Schlaf und fliege mit Helga nach Rom. Tage, an denen mich die Müdigkeit alle drei Stunden auf mein Bett schmeißt, Tage, an denen ich nur einen Nachmittagsschlaf brauche. Die Wiederholung träumt mich, ich lasse mich von vertrauten Bildern finden. Der schief wachsende Baum in meinem Hinterhof. Meine Lieblingsbank im Körnerpark. Das letzte Bier in meiner schwulen Stammkneipe. Helga, die schimpfend eine Berliner Putzfrau mimt und das Chaos in meiner Küche bändigt. Die schwermütige Schönheit von Carsten, der mir zögernd seine neuen Kurzgeschichten zeigt. Arthur und ich auf der Vespa. Ein Brief von Ute, die mir seit zwei Jahren jeden Monat 100 DM schickt. Albert, der mich regelmäßig anruft, mein Geländer in der Ferne, auf das ich mich verlassen kann. Die spöttische Wachsamkeit von Bruno, der an meinen Gittern rüttelt. Mein Dichterfreund Pascal aus Schöneberg, in den ich heimlich verliebt bin.

Keine Stunde muß kentern. Zuneigung und Freundschaft halten mich. Ich bin nicht allein. Bin der Angst nicht wehrlos ausgeliefert. Mit Helga in ihrem Auto durch die Stadt fahren. Für Carsten den Tisch decken. An der Seite von Arthur unerreichbar sein für die Gespenster der Nacht. In den Geschichten von David meinen wilden Jahren begegnen. An meine treue Freundin Ute denken. Mit Bruno streiten. Wein trinken mit Pascal. Mit Felix herumspinnen.

Rettende Wiederholungen, einfache Gewißheiten, die mein Immunsystem stärken, meine Abwehr gegen das tödliche Dunkel.

Ich weiche den lauernden Augen meiner Straße nicht länger aus. Unverschlüsselte Botschaften des Argwohns. Nonverbale Kriegserklärungen. Aufrecht gehe ich durch das Minenfeld der Blicke. Ich frage mich nicht mehr, was die anderen in mir sehen. Die Virusschleuder aus Nr. 17. Den degenerierten Dichter aus der Zeitung. Einen Todgeweihten, der immer noch zuviel wiegt. Einen Mann, der schwere Einkaufstüten trägt. Entschlossen trete ich aus ihren Bildern. Gehe meinen Weg, gehe für mich. Schritt für Schritt. Manchmal springe ich über meine Schatten, manchmal tanze ich mit der Einsamkeit. Luxustage, die mich von innen erleuchten.

Zu oft besiegt mich der Verrückte in meinem Kopf. Der schüttet sein böses Lachen über alle Namen, die ich wie Gebete aufsage. Der trennt mich von Freunden, die mir ihre Zuneigung anbieten. Der Verrückte sperrt mich in die Einzelhaft meines Kopfes. Entfernt mich aus dem Leben der anderen. Verrückt alle Gewißheiten und

Hoffnungen, an denen ich mich festgehalten habe. Sprengt alle Brücken zu den anderen in die Luft. Der Verrückte träufelt das Gift der Bitterkeit auf alle Tage. Ich verwandele mich in einen zynischen Schwätzer. Verhindere Intimität und Nähe. Verschanze mich hinter Ironie und makaberen Witzen. Trage meine Einsamkeit wie eine Rüstung. Ich bin kalt und unnahbar. Ich schaue auf meine Freunde wie auf Fremde.

Was geht sie mich an, die hektische Gutgelauntheit von Helga, die sich an sieben Tagen auf acht Parties herumtreibt? Was geht sie mich an, die mimosenhafte Empfindsamkeit von Carsten, der rechthaberisch alles zu problematisieren weiß? Und Bruno mit seinen schrillen alten Weibern und ausgeflippten Nervensägen. Das Unglück der anderen ist für ihn ein unterhaltsames Theater. Was habe ich mit Bruno zu tun? Arthur mit seinen Kaschmirpullovern und Cartierringen. Was habe ich zu tun mit seinem Statusgetöse, seinem biederen Sicherheitsdenken?

Kalt und böse ist mein Blick, in dem sich alles verzerrt. Der Verrückte in meinem Kopf triumphiert.

Niemandem gebe ich eine Chance, mich zu erreichen, was mich aber nicht daran hindert, anderen die Schuld für meinen Zustand zuzuweisen. Ich ziehe mich zurück und nehme allen übel, daß sie mich alleine lassen. Wieder einmal verschwinde ich mit dem Verrückten in meinem Kopf in meiner Einzimmerwohnung.

Jetzt flimmert die Mattscheibe, vor der ich meinen Wahnsinn mit Schwachsinn betäube. Zeichentrickfilme, Krimis, Agentenserien, Horrorfilme, Familienserien, Liebesschnulzen, Talk-Shows, Western, Musiksendungen. Eine Bilderflut gegen alle Herzstürme. Ob sie mich nachts überfallen oder schon am Vormittag, das Notwehrprogramm läuft rund um die Uhr. Der billigste Stoff schenkt mir gnädigen Stumpfsinn.

Ich betrinke mich mit Wein und Sekt. Ich rauche eine Zigarette nach der anderen. Ich lasse die Tage vergehen.

»Nikotin und Alkohol sind schädlich für dein Immunsystem«, sagen alle Freunde, aber Angst ist auch kein bekömmliches Gift.

Wenn schon gezittert werden muß, dann wenigstens in stimulierter Verfassung.

Schlag doch zu, gewalttätiges Herz, überliste mein Schicksal. Kein Aidstod, sondern ein tödlicher Herzinfarkt. Ein originelles Finale, das alle überraschen wird. Ich lasse mich nicht einschüchtern. Jetzt trinke ich den Maihimmel und den Montag noch etwas blauer. Oder ist der Maihimmel schon ein Junihimmel und der Montag ein Dienstag?

Julimorgensterblichkeit oder Augustnachmittagswahnsinn.

Septemberabendparanoia oder Oktobernachtpanik. Ich werde in der geballten Faust der Stunden nicht ersticken.

Ich bin nicht wehrlos. Ich liebe, und ich werde geliebt.

Blaue Namen gegen den roten Kopflärm. Ich werde Briefe schreiben, jeder Name eine offene Tür.

Maßlose Vera, ich verstehe nicht, daß Du immer wieder an etwas rüttelst, was für uns ohne Bedeutung ist. Mit diesen Zweifeln und Fragen verrätst Du die Besonderheit unserer Geschichte. Ich liebe unsere Liebe, und ich bin bekümmert, daß Du sie nicht so lieben kannst, daß Du etwas von ihr erwartest, was sie nicht geben kann. Keinen Mann gibt es, der mir so nah ist wie Du, warum willst Du mehr (wäre es denn mehr?), warum willst Du anderes?

Hallo, Helga, besorgte Zauseline, ich danke Dir für die Vitamintabletten, ich danke Dir für den Koffer, in den Du mich packst, um mich für einige Luxustage zu entführen. Venedig. Barcelona. Rom. Amsterdam. Zärtliche Komplizin meiner Reisen.

Treuer Carsten, bester Freund, ich danke Dir, daß Du mich erträgst, meine Schiefheiten und destruktiven Anwandlungen.

Mein Arthur, kleiner Geliebter, wann fahren wir wieder Boot auf dem Weißensee?

Liebes Albertzottelchen, ich danke Dir für die Tage in Flensburg. Champagner und die Stimme von Maria Callas. Das Meer und Fischbrötchen. Ich habe mich sicher gefühlt an Deiner Seite.

Lieber Bruno, liebes Monster, ich glaube, ich werde verrückt …

Das Geklapper der Schreibmaschine unterwirft sich heute dem Herzterror, der alle Sätze zusammenschlägt.

Blaurot meine Hände. Zu viele Zigaretten, zuviel Kaffee, zuviel Alkohol, zuviel von allem.

Der Verrückte in meinem Kopf lacht und wischt mir den kalten Schweiß von der Stirn. Zerreißt die beschriebenen Blätter und streut die Schnipsel über den Teppich. Alle Türen fallen zu.

Die kleine, schwarze Uhr auf dem Regal lügt. Meine Zeitreise hat länger als zwei Stunden gedauert. Ist das noch der Nachmittag von vorhin? Irgendwann im Vollrausch in den Schlaf gefallen, irgendwann wieder aufgewacht.

Die Geschichte des Reisenden steht nicht auf dem Zifferblatt der Uhr. Die fremden Gegenden, die er bereist, sind nicht trügerischer als das Bild scheinbar unveränderter Wirklichkeit. Der Schreibtisch am Fenster. Die Uhr auf dem Regal. Das Bett. Das Sofa. Der gläserne Tisch.

Ich öffne das Fenster und lasse Wind in mein Zimmer.

Der treibt die Traumschnipsel vor die Füße des hin- und hergehenden Siebenunddreißigjährigen. Neben dem Schreibtisch beginnt die Leidsestraat in Amsterdam. In meinem Traum erreiche ich ein Alter, das mein Schicksal mir vorenthalten wird. Ein weißhaariger Mann beugt sich über den Balkon des Hauses, das ich im letzten Jahr als Stipendiat der Kulturförderung bewohnt habe. Der alte Mann hält Ausschau nach Arthur. In einer dieser bimmelnden Straßenbahnen wird er sitzen. Der Alte winkt heftig, als sähe er bereits den, auf den er wartet. Immer höhnischer lärmt das Geklingel der Straßenbahnen, die lauter Fremde ausspucken. Der Alte gebärdet sich wie ein Narr. Er hört nicht auf zu winken, als schöpfte er seine Hoffnung aus dem abweisenden Menschenstrom, der sich in alle Richtungen verläuft.

Als könnte sein störrisches Sehnen den Geliebten aus der Tiefe der verflossenen Zeit bergen.

Ist es Sommer oder Winter in meinem Traum?

Jahreszeit der Erwartung.

Jean, der tyrannische Hausmeister aus der Leidsestraat, schubst den Alten in einen leeren Raum.

»Hier können Sie das Liebesgedicht schreiben. Aber schnell, um 20 Uhr ist die Beerdigung.«

Traumreisen, Zimmerkosmos. Mein weißhaariges Alter ego tröstet das Zimmer-Ich.

»Sei froh, wenn Dir das Alter erspart bleibt«, flüstert es. »Deinem Liebesverlangen, das nie aufhört, antwortet die Einsamkeit, deiner Sehnsucht der Schmerz. Das Alter ist nicht weise und abgeklärt. Ein Mythos für Heuchler. Das Alter liefert dich aus. Allem. Ohne den Schutzmantel irgendwelcher Illusionen. Das Alter ist Verrat. Sei deinem Virus dankbar, er verkürzt das Trauerspiel.«

Der Wind geht durch das Zimmer, vertreibt den lästerlichen Ichgreis. Ich lehne mich in mir selber zurück, halte mich an der Erinnerung fest.

Im Januar 93 bin ich in Amsterdam gewesen, stolz auf mein vierwöchiges Stipendium.

Jean spioniert durch meine Wohnung, zählt jeden Atemzug, überwacht jeden Schritt. Jean wohnt seit zweiundfünfzig Jahren in der Leidsestraat. Das Haus ist sein Leben, seine Zwangsverstrickung, seine Besessenheit. Jeder Stipendiat ist ein Eindringling, ein Feind, Verkörperung der Draußenwelt, die Jean bedroht.

Es gibt keine Solidarität zwischen Eingekerkerten. Der Gefangene der einen Zelle weiß nichts vom Gefangenen der anderen Zelle.

Ich reise ab nach acht Tagen und kapituliere vor einem Mann, der mir ähnlich ist.

Aber acht Tage lang wohnt mein Herz in den Grachten, schlägt sich neu-gierig und atemlos über alle Brücken dieser Stadt.

Acht Tage lang bin ich ein Schauen und Staunen. Ich feiere mein Fest. An der Seite von Helga, die auf den Tollkopf aufpaßt. Sie hat mir Venedig und Barcelona geschenkt. Ich schenke ihr Amsterdam. Widme ihr das Tempo dieser Stadt, die verspielten Januarstürme, die uns mitreißen. Sinnlich sind die Stürme, der Regen, die sanften Nebel über den Grachten, sinnlich ist die Sonne, die sich jäh und spontan auch im Winter über die Stadt legt. Alles in Amsterdam ist ein Bekenntnis zum Leben, alles verströmt Achtung vor der Vielfalt. Helga ist sechzehn Jahre älter als ich und lacht zwanzig Jahre jünger. Wir gehen engumschlungen durch die Stadt, ein Liebespaar. Helga denkt an Rudi, dem es schwerfällt, vergnügt und leichtsinnig zu sein. Ich denke an Arthur, der mit Richard nach St. Moritz gefahren ist.

Arthur und ich sind nur noch gute Freunde, sage ich allen, aber das stimmt nicht. Ebensowenig wie die Behauptung, daß die Zeit alle Wunden heilt. Es ist Januar, und ich habe die Tür hinter Berlin zugeschlagen. Das Klinikum Steglitz. Das Auguste-Viktoria-Krankenhaus. Die Rudolf-Virchow-Klinik. Arthur und die Liebe. Das Wartezimmer meines Arztes und der Tod. Mein Zimmer und die Liebe und der Tod.

Amsterdam. Helga und ich gehen durch die Stadt. Reisende, jeder für sich, und zur Freude entschlossene Touristen. Was teilbar ist, teilen wir, was sagbar ist, erzählen wir uns. Am großen Holztisch in der Leidsestraat, wenn wir Wein trinken und Orangen schälen, die wir auch nachts in den Geschäften kaufen können. Helga lektoriert ein Manuskript, ich kritzele euphorische Zeichen auf Van-Gogh-Ansichtskarten. Jedes Wort ein Superlativ. Großartig. Phantastisch. Sensationell. Über alle Maßen. Wahrheit und Dichtung, ich erfinde, was noch fehlt an meinem Rausch.

»In wenigen Minuten erreichen wir Bielefeld!«

Die Stimme des Lautsprechers klingt übertrieben dynamisch und verheißungsvoll. Als wären alle, die in diesem Zug sitzen, auserwählt, am Ende einer langen Reise am Ort der Glückseligkeit anzukommen. Bielefeld, Endstation für alle Flüchtlinge und Wanderer, Beladenen und Mühseligen, Bielefeld, Stadt der Erlösten.

Der jüngste Tag ist mürrisch-trüb und lichtlos, aber das soll mich nicht daran hindern, ihn zu lobpreisen. Es ist Januar, und ich bin unterwegs. Der jüngste Tag in meinem neuen Leben. Mein erster Tag.

»Seltsam, ich habe noch nie während einer Bahnfahrt schlafen können. Nicht mal im Schlafwagen«, sagt die kleine Dame neben mir und zupft verlegen an ihrer Bluse.

»Ja, das ist heute ein seltsamer Tag«, stimme ich meiner Nachbarin zu und versenke ungesagte Sätze in ihren graugrünen Augen, die etwas verwundert auf mich blikken.

»Waren Sie schon einmal in Bielefeld?«

»Nein, bis jetzt noch nicht, ich fahre immer nur an Bielefeld vorbei, wenn ich meinen Sohn in Düsseldorf besuche«, antwortet die kleine Dame und schaut fragend.

»Ich habe gerade darüber nachgedacht, ob ich schon aussteigen soll.«

»Kennen Sie denn jemanden in Bielefeld?«

»Nein, noch nicht, aber ich könnte dort jemanden kennenlernen.«

»Ja, natürlich, das können Sie überall. Ich weiß nicht, Sie müssen schon selbst wissen, wohin Sie wollen«, stottert sie etwas ratlos und beugt sich demonstrativ über ihre Illustrierte.

Nein, ich muß nicht wissen, wohin ich will. Alle Orte sind möglich. Überall kann ich verschwinden und mich verlieren. Untertauchen in einem Gedächtnisverlust, den ich üben werde. Tag für Tag, bis sich meine Geschichte in mir vergißt. Bis alle Namen und Bedeutungen in Vergessenheit geraten. Bis nichts mehr übrigbleibt von dem, was mich noch an mein altes Leben bindet. Die Liebe. Die Freundschaft. Die Karriere. Der Ehrgeiz. Trauer und Zorn. Ohnmacht und Hilflosigkeit.

Der Alltag der Angst. Der Alltag des Sterbens. Der Alltag des Todes.

»Franz hat sich gestern erhängt.«

»Bernd geht es schlechter.«

»Peter ist wieder in der Klinik.«

»Kommst du zur Beerdigung von Lars?«

Niemanden mehr lieben und brauchen. Niemanden

mehr besonders gut kennen und verstehen. Niemandem mehr zu nahe kommen. Niemanden mehr enttäuschen können.

So lange auf dem Seil der namenlosen Tage balancieren, bis ich abstürze. Kein Beziehungsnetz, das mich auffängt. Keine eitlen Wünsche und Absichten, die mich blenden. Keine Abhängigkeit. Keine Erinnerung.

Schluß mit dem Briefleben und der Briefliebe, ich schaue nicht länger zu, wie sich das Phantomkarussell dreht, ich beende den verbalen Tanz der Traumgeschöpfe.

»Du liebst eine Frauenliebe, die es nicht gibt«, schreibt Vera und vertreibt Bruder und Schwester aus dem Geschwisterwald, der in zwei Jahren auf den Blättern meiner Briefe gewachsen ist.

So viele Briefe zwischen Veras Zimmer in Heidelberg und meinem Berliner Hinterhofzimmer.

Erfindungen von Liebe, Erfindungen von Leben.

Veras Briefe sind an einen Mann adressiert, den es nicht gibt. Seit zwei Jahren sind wir unseren Erfindungen hörig, seit zwei Jahren richten wir unsere Liebeserklärungen an Phantome.

Alles beginnt damit, daß eine Schriftstellerin einem schwulen, aidsinfizierten Dichter einen Leserbrief schreibt und ihm ihre Hilfe anbietet.

Mir ist, als spräche mein weibliches Alter ego zu mir, ein vertrautes, schwesterliches Ich, das mit mir die Außenseiterkindheit teilt, den blutrünstigen Trübsinn hinter weißen Gardinen, den Horror einer deutschen Kleinstadt und die große Unbehaustheit in der Welt. Ich lese alle Bücher von Vera und höre den gemeinsamen Herzschlag hinter ihren Worten. Inmitten ihrer Geschichte trifft mich meine Geschichte, mit schmerzlicher Wucht, mit glücklicher Wucht. Ich bin dankbar, daß sich Vera zu erkennen gibt.

Unsere verrückte Briefgeschichte. Vera erfindet eine absolute, grenzüberschreitende Liebe, eine Liebe zwischen Mann und Frau, eine Liebe, die mächtiger ist als sexuelle Fixierungen, mächtiger als der Tod.

Verwöhnt von der platonischen Zuneigung, die mir Helga schenkt, übersehe ich die sexuellen Signale in den Briefen von Vera. Zwischen den Zeilen offenbart sich für mich der Subtext meiner Wünsche und Träume. Ich werde süchtig nach ihren Briefen. Ein Tag ohne Nachricht ist nur ein halber Tag. Wir schicken uns Blumen per Fleurop, verstecken angerauchte Zigaretten und Haarlocken in unseren Briefen, Gesten und Zeichen pubertärer Überschwenglichkeit.

Warum will Vera von mir begehrt werden, warum sehnt sie sich nach dem Üblichen zwischen Mann und Frau, warum ist es nicht reizvoll für sie, einmal in ihrem Leben eine andere Art von Liebe kennenzulernen? Sie hat doch mein Buch gelesen, wußte also, wem sie schrieb. Warum reicht ihr nicht meine brüderliche Zärtlichkeit? denke ich und zwinge Vera ignorant in meine Version der Liebe.

Ich träume von einer sanften und verständnisvollen Schwester, die ihren schwulen Bruder und seine Welt bedingungslos annimmt. Vera besetzt mich mit einer Rolle, die ich nicht übernehmen kann, und ich beute sie aus mit meinen Phantasien. Nicht einmal in die Vision können wir einander folgen, auch im Traum verfehlen wir uns.

Wirres Briefleben, chaotische Wörterwelt. Inszenierungen von Schein und Selbstbetrug.

Meine Revolte gegen die Gespenster ist selbst ein Gespenst. Bruder-Schwester-Fabeln als Ersatz für die Abwesenheit von Liebe. Arthur, den ich zu oft genötigt habe, meinen Daddy zu spielen, hat mich verlassen. Also finde ich mir eine neue Familie im Bilderbuch der infantilen Wünsche. Diesmal dichte ich mir eine große Schwester herbei, die sich selbstlos um mich kümmert. Selbstgestrickte Märchen gegen alle Tatsachen und Enttäuschungen. Kopfgeburten gegen die kleinen und großen Tode der Tage. Vera, die holde Fee, die diskret alle meine Rechnungen bezahlt, ohne eine Gegenleistung zu erwarten. Vera, meine Muse, die mich bewundert und inspiriert. Wir lesen uns unsere Manuskripte vor und erstaunen die Welt mit Meisterwerken.

Vera, meine Komplizin, mit der ich durch die Tage und Nächte vagabundiere. Wir fahren mit dem Schiff nach Norwegen. Wir fliegen nach Paris und New York. Wir reisen um die Welt. Wir verführen die Männer und erzählen uns am nächsten Morgen beim Frühstück die Abenteuer der Nacht.

Vera, meine schwesterliche Mutter, die mir heiße Milch mit Honig ans Bett bringt und mein Fieber mißt.

Meine knäblich-infantilen Träume projiziere ich auf die Fotos, die Vera mir von sich schickt, auf ein warmes, rundes Bäuerinnengesicht.

Ich liebe die Frau ohne Unterleib. Gnadenlos keusch ist meine Liebe.

Ich schreibe einem körperlosen Wesen, ich telefoniere mit einer Luftgestalt.

Wir führen stundenlange, teure Telefongespräche, und ich schütte mein Herz aus, mit grausamer Ausführlichkeit. Ich erzähle von Arthur und meinem Liebeskummer und weigere mich wahrzunehmen, daß Vera meine Offenheit quält. Ich vergewaltige sie mit meiner platonischen Zuneigung. Ich stelle mich blind und begreife nicht, daß Vera sich von mir die Liebe wünscht, die ich nach wie vor für Arthur empfinde.

Ich verstecke mich hinter meinem Status als schwuler Virusträger. Ich verschanze mich hinter meiner Bruder-Schwester-Erfindung. In Hunderten von Briefen preise ich wie ein hartnäckiger Vertreter die Kostbarkeit einer platonischen Freundschaft an. Wir drehen uns im Kreis. Wir fahren Achterbahn.

Unsere schön-verrückte Briefliebe verwandelt sich in eine Groteske. Die gütige Fee entpuppt sich als liebestoller Dämon, der mich bedroht. Meine Muse ist ein Quälgeist. Ich fange an, mich vor den Briefen zu fürchten. Nach jedem Telefonat habe ich Kopfschmerzen und Alpträume. Die Komplizin meiner Tage und Nächte ist in Wirklichkeit eine fremde Frau in Heidelberg.

»Und, wissen Sie nun, was Sie wollen?«

»Was ich will?«

»Der Zug hält nur noch fünf Minuten in Bielefeld.«

Die kleine Dame äugt spöttisch-streng in meine Richtung.

Ich will Wirklichkeit. Ich will Selbständigkeit. Aus den Trugbildern springen und alle Chimären und Phantome hinter mir lassen. Die wirren Einbildungen und die euphorischen Erfindungen. Den Mann, den alle als Tagträumer kennen. Ein sterblicher Ritter von der lachenden Gestalt.

Ich will mein Leben wagen, behaust in meiner Sterblichkeit, behaust und gleichzeitig unterwegs, ich will loslassen können, ohne aufzugeben, mich dem Tod stellen, ohne das Leben zu verraten.

»Ich will jetzt erst mal einen Kaffee trinken. Aussteigen kann ich auch noch später«, sage ich und schiebe mich mit einem Lächeln an meiner Nachbarin vorbei, die mich aus ihren graugrünen Augen anfunkelt.

»Ja, vielleicht macht Sie der Kaffee wach«, murmelt sie mit unverhohlener Zweideutigkeit und schüttelt leicht ihren Kopf.

Hätte auch warten können, bis die Neuzugestiegenen ihren Platz gefunden haben, denke ich und bahne mir meinen Weg zum Speisewagen durch ein bewegtes Schilf aus eckigen Schultern und Rücken, wogenden Brüsten und Bäuchen, polternden Koffern und Reisetaschen.

Summendes Rattata und das Gemurmel der wenigen im Speisewagen. Ich sitze an einem kleinen Tisch für mich allein. Ich trinke meine zweite Tasse Kaffee. Ich schlucke meine blaue Mittagspille mit Mineralwasser hinunter.

Der Aasgeier Müdigkeit kreist am Horizont. Seine schwarzen Schwingen verdecken die Hälfte des Tages.

»Einen Piccolo, bitte«, rufe ich dem Kellner zu, der am Nebentisch die Gläser abräumt. Der Aasgeier hält vergeblich Ausschau nach dem Mann im Zimmer. Heute bin ich keine leichte Beute. Ich liege nicht in meinem Bett. Ich bin verbündet mit der Bewegung des Zuges. Alles bewegt sich. Der Tag. Der Himmel. Ich.

Wartender Aasgeier auf meiner Bettkante. Kein Schreien hilft. Die Müdigkeit überlisten. So tun, als gehorchte ich ihr auch heute wie gestern und die Tage davor. Dienstag oder Mittwoch. Donnerstag oder Freitag. Mir den Anschein geben, als ließe ich mich auch an diesem Morgen fangen. Juli oder August. September oder Oktober. Als wäre ich taub für den Ruf des Tages, als könnte sie mich und die verbleibende Zeit dem Schlaf ausliefern.

Wehrlosigkeit vortäuschen, mit geschlossenen Augen und blassen Händen auf der Bettdecke. Nichts verraten von der Revolte des Schlafenden, der, nur scheinbar dahingestreckt auf seinem Bett, längst am weit geöffneten Fenster steht, mit nacktem Oberkörper und übermütigen Wünschen.

Schlafkriege, Traumangriffe. Ich kehre zurück, verwundet und verwundert, daß es Tag ist, daß die Kaffeemaschine funktioniert, daß der Kühlschrank Aufschnitt anbietet, daß kein Blut aus den Hähnen läuft, daß die Treppe nach unten zum Briefkasten führt.

November oder Dezember. Montag oder Dienstag.

Tage, an denen das siebenunddreißigjährige Kind in seinem Zimmer zum Junggreis altert. Was er zum Frühstück löffelt, ist keine Weisheit. Er murmelt magische Worte. Kraftvoll. Unbekümmert. Orange. Duft. Blau. Meer.

Worte, die er vor der Müdigkeit rettet, jeder Vokal eine Fackel gegen das Dunkel, das ihn verschluckt. Worte, die mit ihm fallen, schon am Vormittag in den nächsten Schlaf, in dem er in einer anderen Geschichte aufwacht.

»Gib jeder Versuchung nach, gib dich hin«, flüstert zärtlich der Verrückte in meinem Kopf, und ich lasse mich fallen und treiben, Hingabe mit jedem Atemzug. Heute geht der Verrückte mit mir zusammen die Schlaftreppe runter.

Weiche und einschmeichelnde Stimme, die mich aus meinem Versteck lockt, Verführerworte, die die kraftlose Hand zur Faust ballen. Mephistostimme, die dem Zögerlichen Welt und Wunder verspricht, Leben und Liebe im Übermaß.

»Habe ich dich nicht gelehrt, aus allen Bildern zu springen? Namen und Benennungen abzuwerfen, Etikette und Bezeichnungen. Aidsliterat oder Dichter. Geliebter oder Ungeliebter. Anerkannter oder Mißverstandener. Was kümmert dich das Urteil anderer, ihre schnelle Meinung über dich, was winselst du in ihren Schubladen? Schreib deinen Satz und hör auf, so kläglich um Liebe und Anerkennung zu betteln. Schreib dich auf und kümmere dich nicht um die anderen. Sei pathetisch. Sei dramatisch. Sei larmoyant. Sei alles, was du bist, und hör auf, dich zu rechtfertigen und zu entschuldigen. Schau sie dir doch an, die vielen, um deren Verständnis du buhlst. Ihre ängstlichen Konzepte, ihre Mutlosigkeiten, die sie Vernunft und Perspektive nennen. Träumst du von einem Leben, das seine Gewißheiten aus der Rentenversicherung bezieht? Was schleichst du mit Waisenkindaugen um ihre Häuser, die sie gegen Feuer und Blitz versichert haben? Gegen das Mögliche und gegen das Unbekannte. Gegen das Unerwartete und gegen alle Geheimnisse. In diesen Häusern wohnt die Angst. Sie schreibt den Nachruf am Ende auf ein ›erfülltes Leben‹. Hör auf, dich nach der Lüge irgendwelcher Sicherheiten und Garantien zu sehnen.«

»Du mußt den Tatsachen ins Auge sehen. Es gibt Schwache, und es gibt Starke. Ich habe mich entschieden«, sagt Arthur und steigt in den Mercedes seines neuen Unternehmerfreundes.

»Warum mußt du dir alles zukleistern? Hör auf, dich selbst zu belügen«, sagt Carsten und schüttet eine halbvolle Flasche Wein in den Ausguß.

»Wenn du alles unter den Teppich kehrst, habe ich die Drecksarbeit«, schimpft Helga und knallt die Tür hinter sich zu.

Der Verrückte taucht alles in Nebel und hebt mich auf.

»Hast du dir weh getan?« fragt er und wischt mir mit sanften Händen die Tränen aus den Augen. »Du mußt nicht weinen. Dieser Tag und alle kommenden Tage, lauter ungeschriebene Gedichte, immer wieder, von Anfang an, die Schöpfung der Welt, immer wieder neu, das Geschenk des Lebens.«

»Das Geschenk des Lebens«, wiederhole ich wie unter Hypnose und versinke in meinem Kopf.

»Heutzutage trägt die Dame von Welt ihren Urinbeutel als Handtasche«, scherzt Ruth und lächelt blaß und verquält.

Wir schleichen über den Flur der urologischen Station. Ich drücke vorsichtig ihre magere, zerbrechliche Hand.

»Ach, ich bin schon froh, daß ich nicht mehr an diesem schrecklichen Tropf hänge«, sagt Ruth und nickt damenhaft einem älteren Herrn zu, der ebenfalls seinen Urinbeutel spazierenführt.

»Hast du seinen verschlissenen Morgenmantel gesehen?« lästert sie leise, als wären wir auf einer Cocktailparty.

»Man sollte überall auf sein Äußeres achten«, murmelt sie streng, und ich höre in ihr die Mutter von Arthur.

Ruth, stolze Hamburgerin mit sturem Klassenbewußtsein und regelmäßigen Anwandlungen von Standesdünkel. Hanseatische Dame mit wilden roten Haaren und einer Vorliebe für die oberen Zehntausend und den schönen Schein. Die rote Wildnis auf ihrem Kopf, ein sympathischer Gegensatz zu ihren Meinungen. Ruth, die nach Berlin gezogen ist, um hier zu sterben. In der Nähe ihres Sohnes, der nicht wahrhaben will, daß hinter der makellosen Form und der glatten Fassade ein unordentliches Leben stattfindet. Ruth, mit der ich in kostbaren Augenblicken das Unsagbare teile. Aber meistens triumphiert das unbelehrbare Herz.

Ruth und ich, wir sind uns ähnlich. Wir klammern uns beide an den Ehrgeiz. Die gewiefte Journalistin und der eitle Dichter. Ruth bekämpft die Angst und die Schmerzen mit Terminen und Interviews. Nach wie vor schleppt sie sich zu Pressevorführungen und Pressekonferenzen. Ich stürze mich gierig auf jede Lesung, die man mir anbietet. Mächtiger als alle Zerrissenheiten ist mein Bewußtsein, daß ich diese Lesungen brauche, die mich für eine Weile aus meinem Zimmergefängnis entlassen.

Ruth und ich spielen oft die Komödie der Erfolgreichen. »Nächste Woche habe ich ein Interview mit dem Bundeskanzler«, sagt Ruth und strahlt in einer Aura von Bedeutung und Wichtigkeit.

»In Amerika ist jetzt eine Anthologie mit einem Text von mir erschienen«, prahle ich, ein Autor am Anfang seines Weltruhms. Wir haben nicht nur Arzttermine. Wir sind nicht nur sterblich. Wir sind aktiv und produktiv. Wir mischen immer noch mit. Wir gehören immer noch dazu, lautet der Subtext unseres narzißtischen Lärms. Ruth und ich, vom Erscheinungsbild zwei selbstbewußte Persönlichkeiten, nach innen aber angekränkelt von dem Wahn, daß wir nur dann geliebt werden, wenn wir Leistung erbringen. Bis zum letzten Atemzug.

Wir sind, was unser Marktwert uns vorschreibt, in unseren Köpfen regiert der Zeitgeist, von keiner Revolte bedroht.

Jeden zweiten Tag besuche ich Ruth in der Klinik, die ich von anderen Krankenbesuchen gut kenne. Nicht nur Zuneigung erklärt meine Fürsorglichkeit. Die Krebsdiagnose bei Ruth und der schnelle Tod meiner Mutter sind mit feinen Fäden eingewoben in das Muster meiner Tage und Nächte. Ich übertrage meine Schuldgefühle und die Liebe für meine kleine Mama auf Ruth, die jetzt mit großen, ängstlichen Kinderaugen im Bett liegt. Ihre wilden Haare, ein erloschenes Feuer an diesem Nachmittag.

»Können Sie bitte für einen Augenblick das Zimmer verlassen?« fordert mich ein Pfleger auf, der Ruth frisch verbinden will.

Ich schleiche allein über den Flur, ein diffuses Weinen

unter der Haut. Die rote Rose, die ich an einem Wintermorgen auf das Grab meiner Mama lege. Wirres rotes Haar auf weißem Kissen. Rote Flecken auf weißem T-Shirt.

»Kann ich Ihnen helfen?«

Eine weiße Kellnerjacke ist kein weißer Pflegerkittel.

Vor mir steht der Kellner des Speisewagens und reicht mir eine weiße Serviette. Das Weiß der Tage und Träume. Das Weiß der Krankenhäuser und Ärzte. Das Weiß der Birken im Winter. Vor dem Haus in Fischerhude. Mein erstes Silvester mit Arthur und Ruth. Meine neue Familie.

Der Kellner ist aus Fleisch und Blut. Das leere Piccolofläschchen ist keine Fata Morgana. Real sind die halbaufgerauchten Zigaretten im Aschenbecher. Die zwei Männer am Nebentisch, die neugierig zu mir herschauen, sind keine Einbildung.

»Danke, das ist sehr lieb«, stottere ich und wische mir mit der Serviette die Tränen aus dem Gesicht.

Noch spukt das alte Leben, das ich heute morgen hinter mir gelassen habe, durch alle Träume und Bilder. Mein Kopftheater, das sich stur immer wieder von selbst aufsagt. Die Sätze von Arthur. Die Sätze von Vera. Die Sätze von Carsten. Die Sätze von Helga. Die Sätze von Bruno. Tunnelwörter, einstürzende Wörterbrücken. Gläserne Worte, die im Kopf zerspringen.

Träume ich in meinem Zimmer, daß ich im Speisewagen eines Zuges sitze, oder träume ich im Speisewagen dieses Zuges, daß ich in meinem Zimmer bin? Ich laufe durch die Spiegel, Splitter in den Augen.

Was ist Leben? Was ist Liebe? Was ist Tod? Was ist Wirklichkeit? Die Worte verlieren ihr Gedächtnis, jeder Satz wird aus seiner Kindheit vertrieben. Wer hat was wann zu wem gesagt? Alle die vielen Liebeserklärungen und Schwüre. Gelallte Ewigkeit für eine Nacht, Wahrheit für einen Vollmond.

Hinter jedem Satz lauert der Satz, der nicht gesagt wird, unheimlicher Subtext. Ich liebe dich. Wir halten zusammen, aber ich verlasse mich auf dein Taktgefühl. Gemeinsam sind wir stark, aber bitte zieh mich nicht in deine Kriege. Ich bin dein Partner, aber Zukunft verbindet sich nicht mit deinem Namen, hab Verständnis, wenn ich mich in Sicherheit bringe. Du kannst dich auf mich verlassen, aber ich muß auch an morgen denken, mit dir läßt sich nichts mehr aufbauen, ich darf nicht zuviel Liebe in dich investieren.

Nebelgeflüster.

»Haben Sie noch einen Wunsch?«

Die sanfte Stimme des Kellners ist eine Umarmung.

Ich wünsche mir, daß du mich hältst. Bekenne dich zu mir. Sag die Sätze, die Arthur nicht gesagt hat. Kämpfe an meiner Seite. Sag, daß die Liebe mächtiger ist als der Tod.

»Ja, noch einen Piccolo, das heißt, nein, lieber ein Glas Rotwein. Trockenen Rotwein, bitte«, sage ich und lausche meiner verzitterten Stimme wie der Stimme eines Fremden.

Ich weiche den Glotzaugen vom Nebentisch nicht aus. Ich senke meinen Blick vor niemandem. Jetzt verkörpere ich, was sie in mir sehen. Mein Herz schlägt zu. Jetzt starre ich wie jemand, der spontan gewissen Zeitgenossen die Kehle durchschneidet. Noch ein falscher Blick, und ich beiße zu.

Eine saftige Schlagzeile für eine gewisse Gazette.

AIDSINFIZIERTER BISS ZWEI RECHTSCHAFFENE STEUERZAHLER

Die zwei Anzugträger kapitulieren und schauen in eine andere Richtung.

Einatmen. Ausatmen. Russische Schriftsteller? Französische Schauspieler? Englische Maler? Italienische Komponisten? Ich zähle bis zwanzig und zünde mir die soundsovielte Zigarette an. Der Aasgeier ist verschwunden. Ich bin wach. Ich atme wieder ruhig.

»Ich glaube, daß du immer noch alles, was du tust, an die Adresse von Arthur richtest. Du bist von ihm besetzt«, sagt Carsten, mit dem ich seit sechzehn Jahren befreundet bin. »Gib es doch zu. Heimlich hoffst du, daß er zu dir zurückkehrt.«

Ich widerspreche mit vielen Worten und Gesten.

»Arthur und ich haben eine tiefe Vertrautheit. Das ist ganz natürlich. Wir kennen uns seit über zehn Jahren. Aber die Liebesgeschichte ist vorbei. Arthur ist jetzt mit Richard zusammen. Natürlich fühlte ich mich vor zwei Jahren im Stich gelassen. Verraten und verkauft. Aber das ist vorbei. Ich war lange genug liebeskrank. Jetzt sind wir nur noch gute Freunde. Nicht mehr und nicht weniger«, sage ich, und es klingt wie ein auswendig gelernter Text. Ich glaube mir selbst kein Wort.

Formal gehorche ich den Regieanweisungen der Vernunft. Ich spiele einen Mann, der nach einer gescheiterten Beziehung und diversen Nervenzusammenbrüchen allmählich wieder zu sich selber findet.

Ich stürze mich in die Arbeit. Ich bin produktiv. Ich bin kreativ. Mein Liebesunglück diktiert mir ein Buch, das wohlwollend aufgenommen wird. Arthur sitzt bei meinen Lesungen in der ersten Reihe und hört einer Geschichte zu, die von uns beiden handelt. Ich weine nicht. Ich schreie nicht. Ich lese kaltblütig und diszipliniert, als wäre es irgendeine Geschichte aus einem anderen Leben.

Wie viele Jahre dauert eine fünfzigminütige Lesung? Immer wieder verfalle ich unserer Zeit. Meine glücklichen Jahre mit Arthur. Die erste kleine Wohnung unter dem Dach. Unsere Spaghettiorgien nach Mitternacht. Der vertraute Lärm der blauen Vespa. Das Haus in Fischerhude. Arthur weckt mich morgens mit Klavierimprovisationen. Ruth, die mich mit einer Johannisbeertorte überrascht. Wir sind eine Familie. Wir halten zusammen. Das kleine Haus auf Keitum. Unsere Insel, unser Meer.

»Ich bin dein Schicksalsgefährte. Du brauchst nie Angst zu haben. Du bist nicht allein«, sagt Arthur und vertreibt die Schatten. Arthur und Ruth und ich in Paris. Arthur und ich in London. Arthur und ich in Berlin. Die harmlosen Dramen der Eifersucht am Anfang. Kein Abenteuer bedroht unsere Zusammengehörigkeit.

»Ich bin so stolz auf dich«, sagt Arthur am Ende der Lesung und umarmt seinen erfolgreichen Dichterfreund vor allen Leuten. Ich weine nicht. Ich schreie nicht.

»Die Trennung von Arthur war gut für deine künstlerische Entwicklung«, sagen alle Freunde, und ich stimme ihnen zu.

»Ja, ich bin viel selbständiger geworden«, sage ich neben vielen anderen Sätzen, von denen ich mir wünsche, daß ich sie fühlen könnte. Auch andere Liebesbeziehungen enden. Alle, die ich kenne, haben nach einer gewissen Zeit ihren Kummer überwunden. Es ist verrückt und masochistisch, nach zwei Jahren unverändert kläglich vor sich hin zu leiden. Ich verordne mir Ablenkung und Zerstreuung. Methodisch bekämpfe ich meinen Jammer. Ich befehle mir, mein Zimmer zu verlassen. Schluß mit den Besäufnissen vor der Glotze. Schluß mit dem Selbstmitleid. Sieben Namen hat die Woche, sieben Schlüssel, sieben Türen, sieben Notausgänge.

Ich bin nicht wehrlos. Ich habe Freunde. Am Montag gehe ich mit Helga essen. Aufgeregte Helgazauseline, hektisch und nervös wie ich, Freundin, die mich annimmt in jeder Befindlichkeit, mit einem nachsichtigen Lächeln. Wir trinken Wein und erinnern uns an gemeinsame Reisen. Der Jazzclub in Barcelona. Der gutaussehende Saxophonist, mit dem wir beide flirten. Die Gassen in Venedig, die Brücken, die Häuser mit fliegenden Wäschestücken, das regelmäßige: »Gondola! Gondola!« Das Labyrinth der schönen Details. Ich kann nicht so flink schauen und fühlen, wie es mich anschaut und anfühlt. Lauter Zitate im Kopf, von Thomas Mann bis Visconti. Unsere Venedig-Reise hat etwas Pathetisches. Eine tragische Komik, auf die ich mich einlasse. Ich frage mich, ob Helga diese Dimension spürt.

Wir lassen uns treiben und von den Bildern finden. Wir rauchen und trinken. Barcelona. Venedig. Wir werfen uns die Erinnerungen zu und planen neue Expeditionen. Prag. Marseille. Ich scherze und bin ausgelassen, aber es gelingt mir nicht, das Gesicht von Arthur wegzulachen. Warum fahre ich nicht mit Arthur nach Prag oder nach Marseille? Die Gedanken denken sich von selbst, es denkt mich im Kreis. Helga erzählt mir von ihren Affären.

Sei still. Hör auf zu schnattern und zu kichern. Ich ertrage deine Lebensfreude nicht länger. Ich will nichts mehr hören, schreit es in meinem Kopf, während ich Helgas Geplapper mit Geplapper erwidere. Helga fährt mich nach Hause, und ich kehre in mein Zimmer zurück. Ich schreibe einen langen Brief, den ich im Morgengrauen zerreiße.

Am Dienstag sitze ich bei Victor in der Küche. Schönäugiger Narziß, der nur drei Straßen weiter wohnt. Victor kocht und erzählt von einer Idee für ein Drehbuch, einer Idee für eine Show. Ich schaue seiner sprudelnden Vielseitigkeit zu und denke an Arthur.

Der Mittwochabend heißt Carsten. Wir sprechen über

Filme und Literatur, während ich im Kopf einen neuen Brief an Arthur entwerfe.

Am Donnerstag treffe ich mich mit Bruno. Prominente Skandalnudel und Exhibitionist, fünfzigjähriges Kind, das mich oft mit seinen infantilen Verrücktheiten aus der Lethargie weckt, Bruno, mir nahe in seiner lärmenden Ruhelosigkeit.

»Sei froh, daß du diesen bürgerlichen Frosch los bist«, lästert Bruno, und ich ringe mir ein Lächeln ab, während ich mich nach dem alten Teich sehne.

Arthur ist meine Sucht. Diese Abhängigkeit hat nichts mit Liebe zu tun. Ich bin ein Gefangener meiner Projektionen. So wie ich mir eine Schwester namens Vera erfunden habe, erfinde ich Arthur. Der Geliebte, um den ich trauere, hat nichts mit Arthur zu tun, der inzwischen Karriere und Sicherheit über alles stellt.

»Ich liebe Richard nicht. Ich mag ihn ganz gerne, ab und zu, aber im Grunde ist er ein reicher Langweiler. Richard ist ein Zweckbündnis«, sagt Arthur und sieht aus wie einer, der an nichts mehr glaubt. Desillusioniert und bitter.

Ich fürchte mich vor dem Zynismus dieses Fremden, mit dem ich acht Jahre lang zusammengelebt habe. Ich dichte mir ein Verständnis herbei, das ich über alle Zweifel decke.

»Erst meine Aidsinfektion und jetzt die Krebserkrankung seiner Mutter. Es ist doch verständlich, daß Arthur in Panik gerät«, sage ich laut in mein Zimmer.

Mein Herz ist ein defekter Kassettenrecorder, der die alten Klagen runterleiert. Zeremonielle Wiederholungen eines Unglücklichen, der sich an seinen Kummer klammert. Ich brauche meinen Schmerz, weil er das letzte ist, was mich mit Arthur verbindet. Mein Jammer nährt meine Identität als Liebender. Ich bleibe in der Geschichte, in der ich mich auskenne.

Am Freitag gehe ich mit Ruth spazieren. Wir sprechen nicht über die Liebe. Wir sprechen nicht über Arthur. Wir sprechen nicht über Krankheit und Tod.

»Schau nur, wie schön«, sagt Ruth, und ich nickte. Ich sehe keine Blumen. Ich sehe keine Wolken. Mein Blick fällt auf drei Menschen, die mit dem Dampfer nach Norderney fahren. Wir stehen an der Reling und halten uns fest. »Wollen wir nicht im nächsten Jahr nach Schottland fahren?« fragt Ruth und lächelt. Wir sind zu dritt. Wir sind eine Familie.

»Wo bist du mit deinen Gedanken?« fragt Ruth.

Ich bin verbannt in mein Kopfkino. Keine Gegenwart erreicht mich. Ich nähre den großen Hunger mit Erinnerungen. Ich füttere die Tage und Nächte mit Erfindungen. Ich verwechsele meine Träume mit dem Leben.

Sind die drei Menschen an der Reling eine glückliche Familie?

Sie starren auf das Wasser. Arthur fühlt sich vom Virus erpreßt. Er hat nicht mehr die Freiheit, seinen Freund zu verlassen. An die Stelle von Leidenschaft treten Moral und Gewissen. Die Hilfsbedürftigkeit des Geliebten ist ein Gefängnis. Ruth versteckt ihren Ärger hinter fröhlichen Posen. Sie wäre lieber allein mit ihrem Sohn nach Norderney gefahren. Immer ist der andere dabei. Sie hat nichts gegen diesen Dichter und seine melancholischen Verse. Aber er ist nicht das, was sich eine Hamburgerin unter einem tüchtigen Mann vorstellt. Wenn er doch aufhören würde, diese schmuddeligen Jeans zu tragen. Ich verberge meine Unzufriedenheit hinter wortkarger Gelassenheit. Immer ist seine Mutter dabei. Ihr Getue geht mir auf die Nerven.

»Wollen wir nicht im nächsten Jahr nach Schottland fahren?« fragt Ruth und lächelt.

Der Samstagabend gehört Arthur. Wir treffen uns einmal die Woche. Wir sind jetzt »gute Freunde«.

»Warum laßt ihr euch nicht wenigstens mal ein halbes Jahr in Ruhe? So reißt du immer wieder die alten Wunden auf«, sagt Carsten, aber ich habe es nicht geschafft, konsequent zu sein.

»Ich muß dich sehen. Ich liebe dich. Ich brauche deine Stimme, deine Gedanken. Ich kann ohne dich nicht leben.« Arthur weint und weiß, daß er mich mit dieser Nummer fängt. Ich tröste Arthur, weil er mich in die Hölle schickt. Weil er sich für den bequemen Weg entschieden hat. Weil er seine Liebe an den Meistbietenden verkauft.

Arthur weint, und ich zerfließe vor Verständnis. Es ist natürlich, daß er sich schon zu meinen Lebzeiten nach einem Ersatz für mich umschaut. Es ist natürlich, daß ihm der neue Reichtum mehr bedeutet als unsere alte Liebe. Es ist natürlich, daß Krankheit und Tod nicht in seine heile Welt passen. Ich tröste Arthur und erkläre mich mit allem einverstanden. Wir telefonieren täglich. Wir sehen uns mindestens einmal in der Woche.

Ich verhindere, daß die Wunde heilt. Ich mäste mein Unglück, bis ich nicht mehr aus den Augen gucken kann. Ich richte mich ein im Selbstbetrug. Ich bin stark. Arthur bewundert meine Souveränität und erzählt mir von seinem Beziehungsstreß mit Richard. Ich höre mir zu, wie ich Ratschläge gebe. Ich habe mich perfekt programmiert.

Das Mißverständnis unserer Liebe diktiert die erwünschten Lügen. Ich verhalte mich wie der Mann, den Arthur erfunden hat. Ich bin der Masochist, der ihn liebt. Ich stelle keine Bedingungen. Ich behalte meine Nervenzusammenbrüche für mich.

»Vor drei Jahren hast Du das Gewicht unserer Liebesgeschichte abgeworfen. Dirk war dreiundzwanzig Jahre alt und blond und unbekümmert. Ich litt, aber selbst in meiner Verzweiflung verstand ich, daß Dirk für Dich Leben bedeutete. Ein Ausweg aus dem Alltag der Angst und der Ungewißheiten, eine Möglichkeit aufzuatmen. Ich litt, aber Du warst mir nicht fremd. Sechs Monate lebtest Du mit Dirk zusammen, bis sich das hanseatische Sicherheitsbedürfnis in Dir für Richard entschied. Den reichen Langweiler. Das Zweckbündnis. Warum ist Dir das verdammte Geld so wichtig?« schreibe ich in meinen nächtlichen Briefen, die ich morgens wieder zerreiße.

Warum bist Du auf Arthur fixiert? Es ist nicht deine Aufgabe, alle Geheimnisse zu ergründen. Was gehen dich seine Lebenslügen an? Hör auf, in der Vergangenheit herumzuwühlen. Wenn du die Umarmung eines Geliebten brauchst, dann versuche, jemanden kennenzulernen, befiehlt die Vernunft, und ich gehorche. Ich gebe mir Mühe.

Am Sonntag streune ich mit David durch die schwulen Bars am Nollendorfplatz. Ich rauche viel und trinke schnell. David erzählt mir die Männergeschichten der letzten vier Wochen, und das Lächeln auf meinem Gesicht altert in einer halben Stunde. Die Spiegel der Bars konfrontieren mich mit meinem Gesicht. Ich sehe aus wie ich mich fühle.

Vor fünfzehn Jahren bin ich Nacht für Nacht durch die Läden getobt. Meine wilden Jahre vor Aids, meine Zeit vor Arthur. Ich war nicht glücklich, aber niemand konnte mein Herz verwüsten.

»Seit Wochen hatte ich diesen Typen angebaggert, vergeblich, und plötzlich steht er in der Sauna vor mir und macht mich an. Ich dachte, ich werde ohnmächtig«, sagt David, während er gleichzeitig mit einem Jungen flirtet, der cool am Tresen herumsteht.

Alle Zeichen und Gesten sind mir bekannt wie ein Theaterstück, in dem ich zigfach mitgespielt habe. Ich kann alle Subtexte mitsprechen. In mir hockt die Mumie des Einundzwanzigjährigen und lächelt süffisant.

Victor eilt auf mich zu und beschreibt detailliert seine Pläne, die er mir bereits am Dienstag in seiner Küche mit der gleichen Ausführlichkeit erzählt hat. Er hat sich auch heute nacht ausstaffiert, als habe er den Klamottenfundus eines Opernhauses geplündert. Victor besitzt eine natürliche Schönheit, die er mit diesen Übertreibungen sabotiert, denke ich intolerant, während ich ihm zuhöre, aufmerksam, als hörte ich alles zum ersten Mal.

Der Typ vom Tresen pirscht sich jetzt an Victor ran, der einer schwarzgelockten Illustriertenschönheit zublinzelt, während David mit einem blonden Ledermann schäkert. Der Blauäugige im Sakko, der etwas verlegen mit seiner Bierflasche an der Wand lehnt, erinnert mich an Arthur, und ich schaue schnell in eine andere Richtung.

»Na, wann gibt es denn ein neues Buch?« fragt Olaf im Vorübergehen, und ich zucke mit den Achseln. Olaf ist Regieassistent bei irgendeiner Filmgesellschaft wie die Mehrzahl der Anwesenden, und ich weiß, daß er mich nicht leiden kann. Auch meine Sympathie für ihn hält sich in Grenzen.

»Trinkst du noch ein Bier?« fragt David.

Ich umarme ihn und verschwinde in meiner Nacht.

Warum habe ich nicht noch ein Bier getrunken? Warum kann ich die Geisterbahn nicht anhalten? Ich laufe durch die Motzstraße. Ich laufe durch die Maaßenstraße. Ich laufe über den Winterfeldtplatz. Ich laufe nirgendwohin.

»Du bist überall ein Ausländer. Überall ist Fremde für dich«, kichert der Verrückte und läuft Amok in meinem Kopf. Die Straße bäumt sich nicht auf unter meinen Schritten. Alles geht weiter, alles geht seinen Gang.

Das Liebespaar. Der Betrunkene. Das dicke Mädchen mit den roten Stöckelschuhen. Der Mann mit dem Hund. Die zwei Türken. Der Junge in der Jeansjacke. Die Autos hupen weiter. Niemand schaltet die Musik in den Cafés ab. Niemand löscht die Lichter. Niemand bemerkt, daß über der Stadt ein Leichentuch hängt.

Alles geht weiter. Klack … klack … klack, rufen die Stöckelschuhe des dicken Mädchens, das in einer Seitenstraße verschwindet. Wir sind das Leben, strotzend vor Gesundheit. Klack. Klack. Strunzsatt und gutgelaunt. Klack. Klack.

»Hörst du die Musik. Hörst du ihre Stimmen? Alle amüsieren sich«, lacht der Verrückte und schlägt gegen meine Stirn. Ich schreie nicht. Ich falle niemandem vor die Füße. Ich falle nicht auf.

Jetzt auf irgendeine Klingel drücken. Mit geschlossenen Augen einen Namen aussuchen. Den Verrückten in seiner Nacht stehenlassen. Eine fremde Wohnung betreten und jedes Leben annehmen, das sich anbietet. Bereit, alles zu sein, alles zu tun, alles zu lernen. Nicht länger Ich sein müssen. Auf irgendeine Klingel drücken und darauf vertrauen, daß das Schicksal seinen Lauf verändert. Auf den Wendepunkt drücken, so lange, bis es in den Ohren Gottes klingelt.

Der erste Augenblick entscheidet, das erste Schweigen, die ersten Worte. Schon im Tapetenmuster lese ich die Zukunft. Die Einrichtung verrät mir, daß ich angekommen bin. Keine Verlegenheit ist zwischen uns. Alles hat die Anmut und den Übermut des Selbstverständlichen. Wir sind das Wunder, auf das wir gewartet haben.

Eine Lederhosenlady schiebt mich zur Seite.

»Wohnst du hier oder was?« fragt sie und blickt angriffslustig.

Ich zögere nur kurz, dann schüttele ich den Kopf und gehe weiter, bevor sie die Lektionen aus dem Selbstverteidigungskurs an mir erprobt. Hätte ich bei der Lederlady geklingelt, hätte es der Realität gefallen, mir zum wiederholten Male zu beweisen, daß sie andere Drehbücher schreibt als meine Träume und Zwangsvorstellungen.

Die Wiederholung ist eine debile Göttin, die mich im Kreis dreht. Sie ist die tyrannische Gebieterin des Tagträumers, der darauf wartet, daß es plötzlich an seiner Tür klingelt. Der Aasgeier verwandelt sich in eine Möwe. In meinem Kopf wird es hell, und ich stehe mit Arthur vor unserem Meer.

»Verzeih, daß ich so feige war. Ich habe unsere Liebe verraten, und ich habe dafür bezahlt. Drei vergeudete Jahre. Aber es ist noch nicht zu spät. Jetzt weiß ich, daß wir zusammengehören. Alles wird gut.«

Der Wunschdenker, der vor irgendwelchen Häusern herumlungert und fremde Namensschilder in Märchen verwandelt.

Das Schicksal ist männlich und sieht aus wie Arthur.

»Steig auf die Vespa. Wir hauen ab«, sagt mein Held, und ich entschwinde mit ihm in die Ewigkeit der Liebenden.

Das Schicksal ist schwesterlich und sieht aus wie Vera oder Helga. Meine neue Schwester, die in einem dieser Häuser wohnt, riskiert das Abenteuer nicht nur auf weißem Papier. Sie ist keine Worttäterin. Sie ist keine Touristin. Meine unbekannte Schwester, die hinter einem dieser Fenster auf ihren Bruder wartet, spricht mit der warmen Stimme von Vera und lacht übermütig wie Helga.

Meine große Schwester, die eines lebendigen Tages auf den Türöffner drücken wird, hat den Koffer schon gepackt. Wir sind zwei Reisende.

Arthur oder Vera oder Helga. Ob ich Geliebter bin oder Bruder, in meinen Träumen überschreiten die zwei Reisenden alle Grenzen, in meinen Träumen gibt es keinen ungelebten Tag.

Wir schlafen am Ufer der Seine oder in den weichen Betten eines Luxushotels. Wir überfallen Supermärkte und Banken, oder wir verdienen unser Geld als Straßenmusikanten. Wir gewinnen und verlieren in den Spielcasinos, oder wir leben in einer Hütte auf der Alm. Wir tanzen auf allen Parties von New York bis Rom, oder wir suchen uns ein Haus am Meer. Der Lärm der Städte oder die Stille eines Dorfes, wo immer wir auch sind, reich oder arm, verzweifelt oder glücklich, jede Stunde schlägt uns auf die Seite des Lebens.

Keine Lauheiten und kein verlogener Frieden. Wir nehmen das Chaos an und alle Zerrissenheiten. Wir halten unsere Wahrheiten aus. Wir teilen Angst und Hoffnung. Müdigkeit und Fieber.

Wir kämpfen auf einer Seite.

Wir schlagen über alle Stränge und ziehen an einem Strang.

Wir lieben uns, ohne Bedingungen zu stellen.

Wir lassen unsere Schwäche zu und fürchten uns nicht vor der Stärke.

Wir nehmen uns an.

Einatmen. Ausatmen. Der Verrückte packt die Paniktrommel ein und verschwindet. In meinem Kopf geht ein Fenster auf, und ich sehe einen klaren Nachthimmel.

Einatmen. Ausatmen. Ich bin da, ich lebe. Ich laufe allein durch diese Straße, aber ich bin nicht einsam. Wohlwollend ist das Licht in den Cafés, versöhnlich klingen die Stimmen der Nachtmenschen. Überall kleine Asyle für den, der jetzt durch die Stadt irrt. Vertraut ist die Straße, die meinen Schritten antwortet. Grunewaldstraße.

Die Schritte des Zweiundzwanzigjährigen rufen die Schritte des Siebenunddreißigjährigen, der leichtfüßig in seine Erinnerung geht. Das mexikanische Restaurant war eines der beliebtesten Nachtcafés der Stadt. Hier traf ich mich regelmäßig mit Carsten, und wir brauchten keinen Alkohol, um berauscht zu sein. Wir waren jung und trunken vom Ruhm, der sich uns im Kaffeesatz der zwei Tassen versprach, an denen wir uns wegen chronischer Geldlosigkeit mehrere Stunden festhielten. Im Schein der Kerzen, die auf allen Tischen brannten, deklamierten wir unsere Zukunft. Eine Wohnung in Berlin. Ein Domizil in London. Eine Adresse in Rom. Ein welthaltiges und aufregendes Leben. Abenteuer und Abwechslung. Liebe und Geborgenheit. Freundschaften mit bedeutenden Zeitgenossen. Geliebt und bewundert. Carsten, ein Filmstar, ich, ein berühmter Theaterschauspieler, heller als der Schein der Kerzen leuchten die Sterne hinter unserer Stirn. Die götterfunkelt, sichtbar für alle das Zeichen. Zwei Auserwählte sind es, die dort an dem Tisch auf der Empore ihren Kaffee trinken, zwei Berufene.

Acht Jahre später konfrontiere ich Carsten in unserem Lieblingscafé mit meinem Hiv-positiv-Befund, und inzwischen brauche ich viel Alkohol, um die nüchternen Tatsachen auszuhalten.

Carsten, selbst erschöpft von seinem Leben, gibt mir die Kraft weiterzumachen. Er ist der einzige, der auch meine schlimmsten Verfassungen aushält, der einzige, der mich nie im Stich läßt.

Warum springt immer wieder ein zerstörerischer Clown aus meinem Schädel? Ein Sprücheklopfer und Grimassenschneider.

Ich weise die Nähe ab, die Carsten mir anbietet. Ich bin kalt und verschlossen. Ich gebärde mich fremd und oberflächlich. Ich schütte bösen Lärm über alle leisen Töne. Ich sabotiere jede Intimität. Die Destruktivität, zu der mich oft auch meine Flaschenfreunde anstiften, steht im Widerspruch zum liebevoll gedeckten Tisch. Ich freue mich auf ein Gespräch und dekoriere alles mit Blumen und Pralinen. Ich wickele ein Buch von Virginia Woolf in Geschenkpapier und verstecke mein Überraschungshallo auf der Toilette, damit mein Freund es dort findet.

Kaum sitzt mir Carsten gegenüber, werde ich zum Bauchredner des gehässigen Clowns. Carsten muß büßen für alle Bitterkeiten, die sich in mir angesammelt haben. Ich bin egozentrisch und rücksichtslos und blind für die Verwundbarkeiten meines Freundes.

Etwas in mir spult mich ab, und ich lasse es geschehen. Ich tue nichts, um den schrecklichen Clown aufzuhalten. Der erzählt obszöne Witze und stichelt. Der Clown zaubert mal wieder einen sinnlosen Abend aus einem alten Hut. Carsten geht, und ich setze mich vor die Glotze. Die Einsamkeit, die in mir aufflammt, habe ich mir redlich verdient.

Drei Stunden später ruft Carsten an und ordnet mein Chaos.

Beruhigt gehe ich zu Bett. Carsten hat mir verziehen, und wir haben eine neue Verabredung getroffen. Wäre ich weniger mißtrauisch, könnte ich jetzt erleichtert in den Schlaf fallen.

Statt dessen plagt mich der Argwohn, daß Carsten aus Mitleid meine Anfälle erträgt.

Was fällt ihm ein, mir gönnerhaft sein Mitleid zuzumuten? Carsten soll sich seinen Hochmut sonstwohin stecken. Eingebildeter Schöngeist. Ich brauche seine Freundschaft nicht. Ich brauche niemanden. Ich werde mich von allen zurückziehen.

Ich will sie nicht, die Almosen ihrer Zuneigung. Ich ertrage sie nicht, alle diese lieben, guten, besorgten, verständnisvollen, nachsichtigen Freunde. Finden es wohl großartig, daß sie sich so aufopfernd um mich kümmern.

Verlogenes Gesindel. Wenn es darauf ankommt, bin ich allein. Arthur wandert mit Richard durch die Opernhäuser der Welt und ruft mich heimlich an, um mir zu sagen, wie sehr er mich doch liebe. Vera bietet mir ihre Hilfe an und meint ihre Phantasien von Tod und Liebe, Sex und Schicksal. Helga plappert mich in Grund und Boden und spürt nicht, wenn es mir schlechtgeht. Victor ödet mich an mit seinem Ehrgeiz. David langweilt mich mit seiner Sexsucht. Carsten macht mich rasend mit seinen Überlegenheitsattitüden.

Meine Freunde sind befreundet mit dem Mann, den sie in mir sehen wollen. So lange ich das Spiel mitmache, kann ich mich auf ihre Zuneigung verlassen. Arthur will den erfolgreichen Dichter, der tapfer seinen Schmerz in Bücher verwandelt. Helga schätzt den humorvollen Freund. Bruno mag mich, wenn ich die Faust balle und rufe: Ich lasse mich nicht unterkriegen. Alles halb so wild.

Einsam und mißverstanden liege ich in meinem Bett. Endlich kann ich einschlafen.

Klarer Nachthimmel. Meine Freunde haben keine Chance. Was immer sie tun, ich werde es ihnen übelnehmen. Es ist nicht leicht, mit mir befreundet zu sein.

So viele Erinnerungen.

Grunewaldstraße. Hauptstraße. Kleistpark. Wie oft bin ich mit Arthur auf der Vespa durch diesen Kiez gerollt. Auf dem Weg nach Hause. Zu mir nach Neukölln, zu ihm nach Friedenau.

Unterwegs noch ein Bier im »Anderen Ufer«.

Einen Döner Kebap an der Ecke.

Und dann ein blauer, friedlicher Schlaf. Seite an Seite.

Unbeschwert geht der Siebenunddreißigjährige. In ihm ist jetzt kein Platz für Jammer. Nichts belastet sein Gehen.

»Ich bin oft glücklich gewesen«, sagt der Mann und fühlt Dankbarkeit. Er wiederholt sein Bekenntnis und schenkt es der Nacht. Dem Himmel. Der Straße. Den Menschen in den Cafés. Den Schlafenden hinter den Fenstern. Der streunenden Katze. Dem Grünhaarigen, der an einem Zigarettenautomaten rüttelt. Den zwei Frauen, die sich vor einem Hauseingang umarmen. Der Mann streckt sich im Glanz seiner Nacht. Ihm ist, als flösse das Licht von innen nach außen, als strömte die Helligkeit aus seiner Schatzkammer, dem Herzen eines Lebendigen.

Die Biographie der lebendigen Tage schreibt sich mit Herzblut auf die Vorwände meines Unglücks.

Zuversichtliche Tage und Wochen.

Ich tauche auf aus dem dunklen Traumstrom, in dem die Zeit untergeht.

Der Verrückte in meinem Kopf gibt mich für Monate frei.

Ich nehme wieder teil am Leben.

Ich werfe einen klaren Blick auf meine Geschichte.

Ich finde meine Identität wieder.

Versöhnt mit allen Rissen und Sprüngen.

Nicht länger hocke ich feist in meinem Schmerz. Unglücksvogel, aufgeplustert vor Schicksal und Tragik. Reduziert auf seinen kleinen, verzwitscherten Angstkosmos.

Zärtliche Tage und Wochen.

Ich zähle nicht mehr meine Wunden und Enttäuschungen. Ich weiß mich in einem Boot mit anderen. Die Nachsicht, die ich von Freunden fordere, gebe ich zurück. Ich denke nicht darüber nach, was unmöglich ist zwischen mir und anderen, ich freue mich an dem, was wir uns geben können. Ich höre auf, mich und alle anderen zu überfordern. Ich akzeptiere, daß jeder Freund auch ein Fremder ist, den ich nicht kenne. Ich verzeihe der Liebe, daß sie uns nicht retten kann. Eine neue Gelassenheit bändigt meine Wünsche und Erwartungen. Vertreibt die Besessenheiten aus meinem Kopf. Der Herzdämon, der mich seit drei Jahren peinigt, verliert seine Macht.

Das, was ich schon so lange behaupte, wird Teil meiner inneren Wahrheit. »Arthur und ich sind jetzt gute Freunde«, sage ich und meine es auch so. Gelassene Tage und Wochen.

Arthur eröffnet mit einer Kollegin eine Psychologenpraxis in Friedenau und düst auf seiner Vespa als freier Dozent von Hellersdorf bis Bernau. Er weicht allen Schatten aus und flüchtet in den Streß.

Termine gegen die Krebsdiagnose seiner Mutter.

Termine gegen sein Schuldgefühl, weil er nicht mehr Zeit mit Ruth verbringt.

Termine gegen ein Leben, das immer mehr aus den Fugen gerät.

Ab und zu steht Arthur vor meiner Tür, hektisch und erschöpft, und wir trinken ein Glas Sekt zusammen. Seine Liebeserklärungen stürzen mich nicht mehr in neue Verwirrung.

Ich finde einen heilsamen Abstand. Ich kehre zu mir

selbst zurück. Verzichte auf den schnellen Trost meiner Flaschenfreunde. Sitze nicht mehr stundenlang vor der Glotze und lasse mich zulallen.

Ich gestalte meine Tage. Ich nehme mein Leben wieder an.

Bin nicht mehr auf Tod und Aids fixiert. Höre auf, nach irgendwelchen Zeichen des Verfalls zu suchen. Höre auf, täglich mit dem Ausbruch der Krankheit zu rechnen. Ich lerne, mit meinem Virus zu leben.

Keine überkandidelten Imperative und Übertreibungen. Keine künstlichen Superlative.

Ich lerne in kleinen, geduldigen Schritten. Ein longterm survivor, der weiß, daß es keine Meisterschüler des Todes gibt.

Ich fange wieder von vorne an. Fahre zu meinen Lesungen und bin dankbar für die Abwechslung. Flirte mit den Buchhändlern und lasse mir von ihnen die Sehenswürdigkeiten der Stadt zeigen. Genieße das Gespräch mit den Menschen, die zu meiner Lesung gekommen sind, und signiere am Ende der Veranstaltung lustvoll meine Bücher. Freue mich über jeden Erfolg. Fürchte mich nicht mehr vor der Tristesse der Hotelzimmer. Weiß, daß ich am nächsten Tag wieder in Berlin sein werde. Geborgen in der Wärme und Zuneigung meiner Freunde.

Immer noch finden mich meine Alpträume im Schlaf, aber jetzt erhole ich mich schneller von ihrem Schrekken. Ich schalte das Licht an und lese das Anti-Alptraum-Lied, das Felix für mich gedichtet hat. Felix, mein Verbündeter, der selbst Tag für Tag mit der Angst fertig werden muß. Der Text hängt an meiner Tür und tröstet mich, auch wenn er die Nachtgeister nicht verjagen kann.

Den Schläfer können sie beherrschen, die Boten des Unheils, aber außerhalb des Schlafes endet ihre Macht.

Ich lasse es nicht mehr zu, daß die schwarzen Träume auch das Licht des Tages verschlucken. Ich ergebe mich nicht. Resigniere nicht mit traurigem Gehorsam. Ich wehre mich.

Eine Reise mit Felix nach Österreich oder in die Schweiz.

Ein Auslandsstipendium.

Ein neues Buch und neue Lesungen.

Noch einmal ein Liebesglück.

Ich lebe, ich entdecke die Welt. Mit siebenunddreißigjährigen Kinderaugen. Alles gedeiht in meinem Blickfeld. Alles sehe ich zum ersten Mal. Kastanienbäume. Wolken. Goldene Kuppel einer Synagoge. Schlafende Katze im Fenster. Zwei Pantomimen in der U-Bahn. Segelboote auf dem Wannsee. Der Duft des Waldes in Krumme Lanke. Zimt auf gebratenen Äpfeln. Das Parfüm von Ruth. Wie schmeckt eine Orange? Die erste Zigarette am Morgen. Ich entdecke die Nocturnes von Chopin, die ich schon so oft gehört habe. Die Stimmen von Carsten und Helga. Das Felixlachen und die verkicherten Lachanfälle von Bruno. Die Großstadt klingt am Tag anders als am Abend. Die Stille eines Zimmers, die Stille eines Parks. Wind in den Bäumen. Ein Gewitter am Nachmittag. Alles ist neu und sensationell.

Für eine Weile bin ich in Sicherheit. Umarme Bäume und Laternenpfähle. Lehne mich frei atmend über die Brüstung des Körnerparks. Sitze auf meiner Lieblingsbank und spüre das Holz wie eine Beschwichtigung. Gehe mit Helga spazieren. Fasse in die Haare von Arthur. Berühre Kaffeetassen und Sektgläser. Kieselsteine und Tannenzapfen. Bücher und Statuen. Lederjacken und Plüschtiere.

Tag für Tag rette ich mich aus meinen Träumen in ein dankbares Dasein. Schreibe Briefe und Gedichte. Fahre zu Lesungen und besuche die Veranstaltungen von Kollegen. Halte einen Schwatz mit meinem Nachbarn und treffe mich mit Freunden. Scherze mit der Kassiererin im Supermarkt und gehe ins Waschcenter. Lasse die monatliche Kontrolluntersuchung über mich ergehen und akzeptiere meine Situation. Besuche Freunde im Krankenhaus und kann hinterher weinen, ohne für Wochen in den Delirien meines Zimmers zu verschwinden. Ich nehme mein Leben an und hadere nicht mit dem Schicksal. Vergeude die Zeit nicht mit Klagen und Selbstmitleid. Meine Hoffnung und meine Angst sind siamesische Zwillinge. Ich verwandele meine Ambivalenz in Kraft. Kämpferische Tage und Wochen. Luxusstunden. Gerettete Zeit. Wenn ich mich morgens rasiere, finde ich im Spiegel mein Gesicht.

»Schmeckt Ihnen der Rotwein nicht?«

Die Stimme des Kellners klingt vorwurfsvoll.

Lauerndes Glas vor mir.

Blutunterlaufenes Auge.

Glotzt anklagend.

Die Bluttransfusion von Ruth in der geweißten Stille.

Die aufgeschnittenen Pulsadern des Fremden im Spiegel.

Ich rasiere einen Selbstmörder.

Er versenkt mich im weißroten Traumstrom.

Ich falle.

Der Zwölfjährige, der angesichts eines blutenden Mitschülers ohnmächtig auf dem Schulhof umkippt. Das Gelächter der anderen.

Ich laufe aus der Klasse und schlage die Tür hinter mir zu.

»Komm sofort zurück!«

Nein, ich gehe weg, für immer, ich werde nicht zurückkommen.

Die tote Taube in meiner Straße.
Überall, das Zeichen.
Ich halte es nicht mehr aus.
Wer schreit?
Das blutverschmierte Gesicht des Jungen in der S-Bahn.
Das lauernde Lächeln des Fleischers, der auf rohes Fleisch einschlägt.
Der Skinhead aus der Jonasstraße.
Zersplitterndes Glas.
Das Blut in meinen Träumen.
Blutsturz der Zeit.

»Nein, der Rotwein ist in Ordnung, aber ich möchte doch lieber noch einen Piccolo.«
Meine Hände zittern nicht. Das Glas kippt nicht um. Kein zerfließender Rotwein auf der Decke. Die zwei Männer vom Nebentisch sind weg. Auch die anderen Tische sind leer.
Die Leere des Speisewagens und der aufgewühlte Himmel.
Wie in meinem Traum.
Ein Zug rast durch die Landschaft.
Ich laufe durch die Gänge. Die Abteile sind leer.
Keine Mitreisenden. Keine Schaffner. Kein Lokomotivführer. Ich bin allein in einem Zug, der jeden Augenblick von der Brücke stürzen wird.
»Soll ich Ihren Wein wieder mitnehmen?«
Ich nicke und schaue aus dem Fenster.
Es regnet.
Zögerlich und unentschlossen fällt der Regen, der sich seit heute morgen angekündigt hat.
Ich treffe eine Entscheidung.
Ich werde in Köln aussteigen.
Mir dort ein billiges Hotel suchen und zwei bis drei

Tage in der Stadt bleiben. Viel schlafen und mich ausruhen. Mich vom Wahnsinn der letzten Monate erholen. Spazierengehen und nachdenken. Mich langsam an mein neues Leben in der Fremde gewöhnen. Nach Amsterdam fahren und mir einen Job suchen.

Es atmet sich leichter in Amsterdam.

Ich werde alles vergessen.

Den törichten Mann aus meinen Gedanken streichen, der so bereitwillig in seine Liebeshölle zurückkehrt.

Richard trennt sich von Arthur, und ich öffne Herz und Türen. Nichts habe ich dazugelernt. Meine Unbelehrbarkeit ist chronisch.

»Ich weiß, daß es eine Weile dauern wird, bis du mir wieder vertrauen kannst. Ich habe dir weh getan. Verzeih mir. Gib mir eine Chance, alles wiedergutzumachen. Ich liebe dich«, sagt Arthur und weint.

Ich zögere keinen Augenblick und kehre in mein Chaos zurück. Ich vergesse alle Schmerzen und Demütigungen, alle Lügen. Arthur lächelt mich zärtlich unter Tränen an, und ich glaube ihm jedes Wort.

Carsten warnt mich. Helga warnt mich. Ich höre zu und streue alle Sätze in den Wind. Treibe in den nostalgischen Herzstürmen, die Arthur entfacht.

Arthur, meine Liebe, Arthur, meine Erfindung.

Ich sehe, was ich sehen will.

Ich bin ein Wunschdenker.

Ich bin das perfekte Opfer.

Glücklich falle ich in unsere Liebesgeschichte zurück.

Ich wiederhole alle Fehler. Kehre zurück in meine Verwundbarkeit. Die neue Selbständigkeit, die ich gefunden habe, entpuppt sich als die alte Abhängigkeit. In einer Nacht fangen mich die Liebesschwüre von Arthur, und ich werde wieder rückfällig. Süchtig nach unserer kranken Liebe.

Am Ende des Tages fahre ich mit der S-Bahn zu Arthur nach Friedenau.

»Vielleicht haben wir Glück und finden eine Wohnung für uns beide, die bezahlbar ist«, sagt Arthur, und ich glaube allen Versprechungen und Absichtserklärungen. Ich kehre zum Anfang unserer Geschichte zurück. Etwas gealtert, etwas beschädigt, aber immer noch genauso dumm.

Arthur und ich gehen mit Ruth ins Konzert. Wir berühren unsere Hände. Wir gehören zusammen. Wir sind eine Familie. Unsere Liebe ist eine Waffe gegen den Tod. Wir können nicht siegen, aber wir kämpfen gemeinsam.

Nicht unsere Sterblichkeit liefert uns dem Tod aus. Es ist die Einsamkeit, die ihm die Türen öffnet. Die Einsamkeit verrät das Versteck der Sterblichen.

Wir sind zu dritt. Wir sind stark. Der Tod ist ein verwöhnter Sieger. Er rechnet nicht mit unserem Widerstand. Er weiß nicht, daß sich die Liebe auf unsere Seite geschlagen hat.

Wir sind ernst zu nehmende Gegner.

Wieder einmal dichte ich mir eine heile Welt zusammen. Arthur und ich haben uns verdient. Auch ich bin blind für jede Wirklichkeit, die nicht in mein Konzept paßt. Ich schwelge in einer neuen Familienschnulze, während die Realität alte Tatsachen schreibt. Der Dichter. Der Diplompsychologe. Die Journalistin. Wir sind zu dritt. Wir sind uns ähnlich. Wir definieren uns bis zum letzten Atemzug über Leistung. Wir funktionieren um jeden Preis.

Nichts hat sich verändert. Wir haben nichts dazugelernt. Krankheit und Tod sind nach wie vor Tabu-Themen. Das weiß Ruth und behält ihre Schmerzen für sich. In der Gegenwart ihres Sohnes simuliert sie die Gesunde. Die Karrierefrau, die Arthur kennt. Arthur durchschaut die Lüge und ist dankbar. Auch ich weiß, was von mir erwartet wird. Ich erzähle von Leserbriefen und positiven Kritiken. Kein Wort über ein anderes Positivsein. Keinen Satz über einen Besuch auf der Aidsstation. Kein Gespräch, das Arthur belasten könnte. Ich will der sein, den Arthur liebt. Wieder verfalle ich dem Mißverständnis, das ich Liebe nenne. Arthur kümmert sich um die Wäsche von Ruth und montiert bei mir neue Lampen, aber uns erleuchtet keine neue Wahrheit.

Nachts umarme ich meine Erfindung aus Fleisch und Blut.

Arthur und ich verteidigen die alten Rituale. Wir finden unsere Kosenamen und Gesten wieder.

Ich verdränge die Tatsache, daß Arthur auf alles, was sich nicht wie Zwitschern anhört, nach wie vor allergisch reagiert. Ich bin ein routinierter Kanarienvogel. Freiwillig kehre ich zurück in meinen Herzkäfig und verwechsele die vertrauten Gitter mit Geborgenheit. Im Liebeswahn springe ich über alles, was mich von Arthur trennt. Alle Schatten springen mit, und gemeinsam treten wir auf der Stelle. Aber ich tue so, als ob ich flöge.

Mit ausgebreiteten Armen laufe ich meinem Wunschbild entgegen, ein Siebenunddreißigjähriger, der sich mit jedem Schritt verjüngt. Ich laufe, bis ich wieder ankomme in jener Nacht, in der Arthur und ich uns erkennen. Wir sind beide fünfundzwanzig Jahre alt. Der bürgerliche Psychologiestudent und der Chaot. Ich trete aus der Sexwildnis und Namenlosigkeit in das Haus, das Arthur unserer Liebe mit hellen Sätzen baut. Mein obdachloses Herz findet ein Namensschild. Ich liebe, und ich werde geliebt. Das Glücksgefühl, das ich mit fünfundzwanzig Jahren zum ersten Mal erlebe, bannt mich für immer in die Gestalt eines Abhängigen. Arthur und ich am Meer. Seine großen, warmen Hände in meinem Nacken.

Wer schreit?
Die Möwen.
Die Musikbox.
»Er hat mich geliebt.«
In meinen Träumen.
Draußen vor dem Fenster.
»Mach mal auf. Ich habe meinen Schlüssel vergessen.«
Das Haus auf der Insel.
Ich schlafe nicht.
Ich bin wach.
Ich werfe alle Namen ab.
Ich brauche keinen Schlüssel mehr.
Ich gehe weg.
Ich schlage die Tür hinter mir zu.
Ich schreie nicht.
Ich bin ruhig.
Die Atemzüge entgleisen nicht.

»Ihr Piccolo!«
Der Kellner lächelt eisig.
Er hat das Gesicht der Fremde.
Ich werde mich an die Kälte gewöhnen. Die Kälte lügt nicht.
Es ist Januar, und ich entferne mich von meiner Vergangenheit.
Noch erinnert mich der Regen vor dem Fenster an einen anderen Regen.
Arthur und ich stellen zwei Strandkörbe zusammen. Wir sitzen auf einer Seite, die Beine ausgestreckt. Arthur bettet seinen Kopf an meiner Schulter, und ich streiche durch sein Haar.

Wir schweigen. Wir hören dem Regen zu.

Wie viele Jahre dauert ein glücklicher Augenblick?

»Du darfst mich nie verlassen«, sagt Arthur.

Als der Regen aufgehört hat.

An jenem Nachmittag auf unserer Insel.

An einem Morgen, als wir zusammen aufwachen.

An einem Tag in unserer Geschichte.

Ich entferne mich von allen Sätzen. Ich verschwinde aus meinem Leben. Die Liebe hat keine Macht mehr über mich. Der Tod kann mich nicht länger einschüchtern. Ich bin wieder frei.

»Richard ist zurückgekehrt. Glaube mir, ich habe mich zu dir bekannt. Ich weiß nicht, warum ich mich wieder auf Richard einlasse. Ich habe Angst, daß ich allein bin, wenn Ruth … und du … ich bin nicht so stark wie du«, stottert Arthur, und ich verstehe und ziehe mich zurück. In mein Unglück, in dem ich mich so gut auskenne. Das Bett. Die Glotze. Der Anrufbeantworter. Der Verrückte in meinem Kopf drückt auf die Löschtaste. Ich tanze mit meinen Flaschenfreunden. Ich spreche mit meinen Schatten und Phantomen. Ich schreibe seitenlange Briefe und zerreiße sie wieder. Nachts ringe ich mit den Dämonen, aber ich sterbe nicht. Ich lebe weiter. Nach einigen Wochen schubst mich der Clown wieder in die Manege. Ich rasiere den Fremden im Spiegel und fahre zu meinen Lesungen. Ich bezahle pünktlich meine Miete und die Stromrechnung.

Die debile Göttin herrscht über den beschränkten Horizont der Tage und Nächte.

»In wenigen Minuten erreichen wir Dortmund.«

Ich hebe das Glas und proste der dynamischen Lautsprecherstimme zu.

Ich werde nicht aussteigen.

Auf dem Bahnsteig wird der Buchhändler vergeblich Ausschau halten.

Der Regen hat alle Spuren verwischt.

Ich werde aus meiner Haut fahren.

Köln. Amsterdam. Noch weiter weg. Ich werde mich finden lassen von einem Ort. Es ist Januar, und ich bin unterwegs. Ich bin in Bewegung. Meine Atemzüge entgleisen nicht. Eines lebendigen Tages werde ich ....

Mario Wirz

Es ist zu spät, ich kann nicht atmen

Ein nächtlicher Bericht

»Mario Wirz weist sich auch mit diesem Band als einer der begabtesten zeitgenössischen Literaten deutscher Sprache aus.«

Gottfried Wagner, Die Welt

»Wie Mario Wirz hier seine eigene Erfahrung mitteilt, ist eine außerordentliche Leistung.«

Ernst Jandl

»Dieser nächtliche Bericht ist bestürzend unmittelbar, manchmal rührend, manchmal zynisch. Die brutale Wahrheit dieser Geschichte läßt den Leser nicht kalt.«

Detlef Grumbach, Deutschlandfunk

Mario Wirz

Ich rufe die Wölfe

Gedichte

»Gesang und Trunkenheit – sie stehen für den Willen zum Genuß, der Wirz nie und nirgends abhanden kommt. Selten hat man Texte gelesen, die vom Sterben handeln und doch so reich instrumentiert, so melodiös rhythmisiert sind. Kein Mensch muß wissen, daß der Autor hiv-positiv ist, um seine durchgeformten, hochdisziplinierten Texte schätzen, ja lieben zu können.«

Tilman Krause, Der Tagesspiegel

»Laß Dir nur sagen, daß ich Deine Texte wundervoll und großartig fand. Es ist, glaube ich, sehr lange her, seit ich dies das letzte Mal gedacht habe beim Lesen in einem neuen Gedichtband.«

Wolfgang Hilbig

»Die Wölfe, die der Dichter gerufen hat, kann jeder hören, der nur einmal ausgeschert ist aus der Herde.«

Radjo Monk, MDR

ISBN 3-351-02273-5

1. Auflage 1994

Einbandgestaltung Ute Henkel
Satz LVD GmbH, Berlin
Druck und Binden Clausen & Bosse, Leck
Printed in Germany